AF368218

SAMAEL

Roberto Augusto

SAMAEL

Una novela negra
con un final impactante

EDITORIAL
LETRA MINÚSCULA

ISBN: 978-84-19470-24-9
Depósito legal: B 7517-2020
Copyright © 2020 Roberto Augusto
Editado por Editorial Letra Minúscula
www.letraminuscula.com
contacto@letraminuscula.com

Índice

1

Samuel odiaba ir cada cierto tiempo a aquella oficina, que siempre estaba llena de gente, a que le pusieran un estúpido sello en una tarjeta. Se consoló pensando que ese era el último mes que cobraba el paro. Ya habían pasado casi dos años desde que perdió su trabajo de vigilante de seguridad.

—¡No hay derecho! —gritaba un hombre en la cola a otro que no conocía de nada—. ¡No hay derecho a que los políticos nos hagan esto!

—¿El qué? —le preguntó el sorprendido interlocutor, que no sabía a qué se refería.

—Lo de los tanques, hombre. ¿No te has enterado? Lo de los tanques. Ha salido por todas partes. Lo leí el otro día en *ABC*.

—¿Qué tanques?

—Lo de los tanques que el Gobierno ha comprado por miles de millones de pesetas.

—Será de euros.

—Yo sigo con las pesetas, eso del euro es una mariconada, a mí que me dejen las pesetas. El euro no vale para nada, solamente para subir los precios.

Mientras decía esto, se giró y miró a Samuel esperando que él dijera algo y se animara también a participar en la conversación. A pesar de la distancia que los separaba, no pudo evitar oler su aliento impregnado de tabaco y cerveza. Pero él no dijo nada. Lo que menos le apetecía era hablar con aquella gente. Solo le importaba el sello en su tarjeta.

Al salir de allí tenía la mañana vacía hasta la una, cuando debía ir a la escuela a recoger a las niñas. Iban a un colegio en El Prat de Llobregat, donde había vivido siempre. Desde hacía tiempo esa era casi su única ocupación, además de cuidar de la casa, aunque últimamente estaba descuidando sus tareas. Marta se pasaba casi todo el día fuera, trabajando.

Samuel tenía mucho tiempo libre. Al principio lo dedicó a preparar unas oposiciones para trabajar de funcionario de prisiones. Estuvo un año estudiando. Sabía que era difícil, porque únicamente había quince vacantes y más de doscientos aspirantes. A pesar de ello, confiaba en sus posibilidades. Sacó buenas notas en todas las pruebas. Sin embargo, se quedó a años luz de las ansiadas plazas. No superar aquella oposición lo dejó muy tocado.

Había dejado de enviar currículos a empresas. No lo llamaban de ninguna parte. Marta intentó convencerle de que se presentara a otras oposiciones. No tenía fuerzas. Estaba deprimido y no paraba de beber. Esa era su forma de escapar de un mundo que no le gustaba, de una realidad hostil.

Se metió en un bar al que nunca había ido. Tenía una pinta bastante alternativa. Cuando entró, vio que las paredes estaban llenas de grafitis. Sonaba una extraña música que creyó haber oído antes en alguna parte, pero no sabía dónde. Samuel tampoco le prestó demasiada atención. En la barra atendía a los clientes un tipo con cresta y un aro en la nariz. Pidió un orujo de hierbas. Era lo que solía tomar a esa hora.

—Empezamos fuerte la mañana —le dijo un hombre que no conocía y que estaba sentado a su lado en la barra.

Antes de responder, Samuel lo miró. Debía de tener unos cuarenta y cinco años, quizás más. Lucía unas largas patillas y su voz era ronca, muy grave. Llevaba su pelo negro despeinado y tenía un pendiente en cada oreja.

—El orujo es bueno para el estómago. Limpia las cañerías —contestó.

—Seguro que sí, aunque yo prefiero un café —respondió el desconocido.

—¿Conoces esta música que suena? Me resulta familiar, pero no logro identificarla —dijo Samuel.

—Sí. Es la banda sonora de *Twin Peaks*, la serie de televisión de los noventa. A veces la ponen cuando hay poca gente.

— ¿Y tú cómo lo sabes? —preguntó intrigado.

—El camarero que te ha traído el orujo es un fanático de la serie. Y a mí también me gusta. He hablado varias veces con él del tema.

—¿*Twin Peaks*? La vi cuando era pequeño. Casi no me acuerdo de nada.

—Esto que suena ahora es el *Laura Palmer's Theme*. Es una maravilla. Escucha.

Se quedaron en silencio durante unos minutos. La música era mística y melancólica.

—Cada vez que la oigo me parece mejor —dijo el compañero de Samuel—. Deberías volver a ver la serie. Seguro que te gusta, aunque cuando se descubre quién es el asesino de Laura, en la segunda temporada, baja mucho. Una verdadera pena.

—Igual me animo —respondió sin demasiado entusiasmo mientras daba un sorbo al orujo de hierbas.

Tenía demasiados problemas para ponerse a mirar series de televisión.

—¿Cómo te llamas? —le preguntó el otro.

—Samuel.

—Ha sido un placer conocerte, pero tengo que irme.

Dejó el dinero del café en la barra y se marchó sin decir su nombre.

Cuando Samuel salió del bar, se fue a buscar a las niñas al colegio. La mayor tenía cinco años y la pequeña, tres. Ya se habían acostumbrado a que fuera él siempre a buscarlas, y no preguntaban por mamá. Al llegar a casa, preparó la comida y ayudó a comer a la pequeña. La grande ya se valía por sí misma. Luego las volvió a llevar al colegio. Su mujer comía en el trabajo. Tenía solamente una hora para hacerlo y no le daba tiempo de ir a casa.

Samuel, al volver de la escuela, sacó unas cervezas y se dedicó casi dos horas a beber y a ver la tele. No tenía ganas de hacer nada. Le apetecía estar sentado en el sofá sin pensar, sin preocuparse por un futuro que veía negro.

Su mujer llegó cuando él le estaba dando la merienda a la pequeña. Le dio un frío beso en la mejilla. Cada vez estaban más distanciados. La relación empeoró cuando despidieron a Samuel del trabajo. Solo entraba un sueldo en casa e iban cortos de dinero. Apenas les llegaba para pagar el alquiler. Esa situación creaba tensión y malestar en la pareja.

—¿Has ido a comprar? —le preguntó ella un tanto molesta al ver el desorden que reinaba en el piso.

—No he tenido tiempo. He ido a sellar la tarjeta del paro —contestó Samuel.

—¿Toda la mañana? Por como hueles ya puedo imaginarme dónde has estado metido. ¿Ahora qué voy a hacer de cena? No hay nada en la nevera.

—Por favor, no quiero discutir —dijo él.

—No discutiríamos si en vez de beber te dedicaras a cuidar de la casa.

Samuel terminó de darle la merienda a su hija pequeña y la envió a jugar con su hermana a su cuarto.

—No me gusta que digas esas cosas delante de las niñas. ¿No ves que ya se enteran de todo? —le recriminó a Marta.

—Y a mí no me gusta verte así. Ni siquiera te has molestado en recoger las latas de cerveza de la mesa. Tienes los ojos rojos por culpa del alcohol y te apesta el aliento. No haces nada en casa y hace dos años que no trabajas.

—Estoy cobrando el paro —replicó él intentando justificarse.

—Y cuando se acabe, ¿qué vamos a hacer?

Ella empezó a llorar y él la abrazó. Aquellas peleas eran habituales. Se pasaban la mayor parte del tiempo discutiendo por esto y lo otro.

No podía quitarse de la cabeza el día en que lo despidieron. No se lo esperaba. Por culpa de la crisis las ventas habían bajado y redujeron la plantilla. Le tocó a él por ser el vigilante más nuevo. Recordaba con perfecta nitidez la cara de sapo de su jefe que, con fingida tristeza, le daba una noticia que lo cambiaría todo. Cuando se lo comunicaron se sorprendió, pero no se preocupó. No le había costado demasiado conseguir ese trabajo y pensaba que tampoco le costaría mucho encontrar otro con su experiencia. La realidad, sin embargo, le demostró que se equivocaba completamente.

Pasaron los meses y se quedó sin paro. Ya no ganaba nada y apenas tenían dinero. Decidió pedir hora con una asistenta social del ayuntamiento, para ver si podían ayudarles de alguna forma. No le gustaba hacer algo así, pero no tenía más remedio. Si no conseguía algo podían pasarlo muy mal. Lo recibió una señora mayor que parecía amable. Se saludaron y ella le pidió sus datos, ingresos, historial laboral y todo lo demás.

—Me gustaría pedir algún tipo de ayuda o ver si podéis hacer algo por mí.

—Ya sabe que ahora todo está fatal —le dijo ella—. Y vosotros tenéis un sueldo que entra en casa. Mucha de la gente que viene aquí no tiene nada.

—¿Y el PIRMI? Esos cuatrocientos euros que te dan...

—Para poder solicitarlos es necesario que la unidad familiar no tenga ningún tipo de ingresos. Vosotros no podéis cobrarlos.

—¿Y no hay alguna beca para los libros de las niñas?

—Hay pocas, pero pasa lo mismo que con el PIRMI: con ingresos es difícil conseguirlas. Si quiere le podemos ofrecer un curso de formación.

—Ya tengo estudios universitarios, soy abogado. No creo que me haga falta —dijo Samuel.

—Esto es todo lo que hay. Siento no poder ayudarle.

—¿Y qué pasa con la comida? ¿No tiene cheques para alimentos o algo así?

—Puedo darle la dirección de una ONG que gestiona un banco de alimentos. Tienen comida que les da la gente, supermercados y restaurantes. Os puedo poner en contacto con ellos si no llegáis a final de mes.

Se despidieron y Samuel salió desolado de allí. Pensó que la única solución que le quedaba era marcharse de España. Aquí no había futuro. Pero no podía irse y abandonar a su familia. Las cosas no eran tan sencillas.

Con el trabajo de Marta iban tirando, aunque privándose de muchas cosas. Samuel bebía cada vez más y las discusiones con su mujer eran más subidas de tono, llegando incluso al insulto. Hacía tiempo que no dormían juntos. Ella se quedaba en una cama plegable en la habitación de las niñas.

Todo se rompió definitivamente un viernes por la tarde. Él debía ir a buscar a sus hijas al colegio a las cinco, pero se quedó dormido. Ese día estaba más borracho que de costumbre. No se despertó hasta que

Marta entró con ellas, a las seis y cuarto. Estaba muy enfadada. En cuanto pudo las envió a su habitación. No quería que oyeran lo que iba a decir.

—¿Dónde estabas? ¿Por qué no has ido a recoger a las niñas? —le preguntó ella sin alzar la voz.

—Me he dormido. Lo siento mucho.

—No. Eso es mentira. No te has dormido. Estás borracho, igual que siempre. ¡¡Sabes que han estado más de media hora con la profesora sin que nadie fuera a buscarlas!? Si no me llaman al móvil, allí estarían todavía. No sirves para nada, ni para ir a buscar a tus hijas al colegio.

—Ya te he dicho que lo siento. ¿Qué quieres que haga? —replicó él.

—No podemos seguir así. Esto tiene que terminarse. Debes irte.

—¿Irme? —preguntó él temiéndose lo peor—. ¿A dónde?

—Fuera de esta casa. Quiero que nos divorciemos. No permitiré que las niñas vivan con alguien como tú, incapaz de cuidar de sí mismo y de nosotras.

—No. No digas eso. Te prometo que dejaré de beber. Buscaré un trabajo de lo que sea. No me alejes de mi familia. No tengo a nadie más en el mundo.

Samuel empezó a llorar.

—Ahora ya es demasiado tarde para eso. Coge tus

cosas y vete. No quiero volver a verte.

Metió algo de ropa en una mochila y les dio dos besos a las niñas. Ellas estaban asustadas al ver a su padre en ese estado. Samuel pensaba que aquello podía arreglarse, que dentro de unos días estaría allí de nuevo con ellas.

Se fue a la pensión más barata que encontró y compró un litro de cerveza. No pudo pegar ojo en toda la noche. La cama era incómoda y entraba luz por debajo de la puerta. Cada media hora alguien llamaba al timbre y entraba preguntando por una habitación. Oía todas sus conversaciones. No se podía dormir en aquel lugar. Puso la televisión a las tres de la mañana. Lo único que había eran programas de teletienda y de videncia. Había que estar desesperado para mirar algo así. Odiaba aquel lugar, aquella cama, aquella habitación sucia y mal decorada. No quería estar allí. Deseaba volver a casa, junto a su familia. El único consuelo que le quedaba era beber, intentar no pensar, no sentir, dejar que el alcohol lo condujera al olvido.

El fin de semana siguiente visitó a su madre en el asilo donde estaba. Era la única familia que le quedaba. Tenía setenta y tres años. Hacía mucho que ya no se enteraba de nada. El alzhéimer le había hecho olvidar todo, incluso su propio nombre. No reconocía a su hijo. Lo entristecía verla en aquel estado. Cuando iba a visitarla se sentaba a su lado, pero apenas hablaban. Ella solamente abría la boca para preguntar por su marido, que había muerto hacía más de diez años. «¿Dónde está mi Antonio? ¿Cuándo va a venir?», solía decir. En la residencia ya nadie respondía. «¿Y tú quién eres?», le decía a Samuel. «Soy tu hijo», contestaba él. «¿Sabes cuándo va a venir Antonio?», preguntaba ella de nuevo. Y la misma conversación se repetía pasado un rato.

Al salir de la residencia, entró en un bar y pidió un café. Se sentó junto a la ventana porque así podía entretenerse mirando a la gente que pasaba por la calle. Aquella visita lo dejó hundido. La mujer que un día fue su madre ahora era una pobre anciana sin memoria, sin conciencia de nada de lo que pasaba a su alrededor. Se preguntó si valía la pena vivir así, vegetando entre los vivos, preguntando por un hombre que había muerto hacía ya tantos años. Deseó que su padre siguiera vivo. Era el hombre más fuerte que había conocido. Apenas hablaba, siempre estaba callado, concentrado en sus cosas. Si el cáncer no se lo hubiera llevado, todo sería mucho mejor. Ahora era ya solo una imagen del pasado que comenzaba a estar borrosa, difuminada por el paso de los años.

Estos pensamientos le dieron ganas de llorar. Unas lágrimas asomaron a sus ojos mientras él intentaba apartar esas ideas de su mente. Se levantó y se marchó lo más rápido que pudo para intentar evitar el dolor que le oprimía el corazón.

Pronto se le acabó el poco dinero que tenía. El lunes siguiente fue al piso. Marta no quiso abrirle la puerta. La esperó en la calle a que saliera a trabajar. Fue inútil, se negó a hablar con él. Había interpuesto un muro de silencio entre ambos. Samuel intentó sacar dinero de su cuenta del banco. No había ni un euro. Ella se le había adelantado. Tuvo que dejar la pensión en la que dormía y buscar algún sitio donde pasar la noche. Se metió en un cajero. Allí al menos no tendría frío. «Ya encontraré algo mejor», pensó mientras intentaba dormir tapándose con unos cartones.

Tres meses después, Samuel seguía en la calle, subsistiendo gracias a un comedor social y robando cartones de vino barato en los supermercados. El alcohol le ayudaba a soportar la soledad y a combatir el frío de la noche. En poco tiempo se había convertido en un paria, en un marginado, en un vagabundo borracho al que nadie miraba a la cara.

Un día se atrevió a acercarse al piso donde vivía con su familia. No quería que sus hijas lo vieran en aquel estado, sucio y alcoholizado. Por la noche Marta salió sola de casa. Un hombre la esperaba y se dieron un beso para saludarse. Cogidos de la mano, se fueron caminando. Samuel los observó desde la distancia, escondido dentro del portal de un edificio. Debía ser la nueva pareja de Marta. No había tardado mucho en sustituirlo. Quizás estaba con él mientras vivían juntos. Todo eso ya daba igual. Apenas habían pasado unos meses y parecía que nadie lo echara de menos. Se alejó de allí sin que se percataran de su presencia. En ese momento deseó estar muerto.

Se sentó a descansar en un parque cercano al que solía ir. Quizás pasara la noche allí si no hacía demasiado frío. Se entretuvo dando de comer a las palomas trocitos de una barra de pan que había sacado de un contenedor de basura. Un hombre entró en el parque casi vacío. Lo miró y se sentó a su lado. No era algo normal habiendo bancos libres. Nadie quiere sentarse al lado de un vagabundo que huele a suciedad y a desesperación.

—Yo te conozco —le dijo el hombre a Samuel.

—¿Sí? Pues creo que te equivocas.

—¿No te acuerdas? Hablamos hace meses en un bar. Escuchamos juntos una canción de la banda sonora de Twin Peaks.

—Sí, sé de qué hablas —respondió Samuel—. Han pasado tantas cosas últimamente que no me acordaba.

—Ya veo que no estás bien. ¿Qué ha pasado para que hayas acabado viviendo en un parque?

—No tenía trabajo y mi mujer me echó de casa.

—Lo siento mucho. Es terrible que vivamos en una

sociedad que permite que a alguien le pase eso. ¿A qué te dedicabas antes?

—Era guardia de seguridad en una empresa farmacéutica.

—¿Quieres pasar la noche en mi casa? Vivo con un grupo de amigos y seguro que encontraremos un lugar para ti. Es una pena que te quedes aquí.

—Sí, me gustaría. Hace meses que no duermo bajo un techo.

No iba a desaprovechar aquella oportunidad de descansar en un sitio caliente.

—Por cierto, no me has dicho cómo te llamas.

—Me llamo Germán, pero todos me llaman Ares.

—¿Ares? —preguntó.

—Sí. Yo elegí el nombre. Ven, vamos a casa.

Los dos se levantaron y Samuel lo siguió. Estuvieron caminando unos veinte minutos hasta el barrio de Sant Cosme. Llegaron a un edificio de cuatro pisos que parecía abandonado. Tenía las puertas y las ventanas de la parte de delante tapiadas con ladrillos. Dieron la vuelta a la casa. Detrás había una puerta metálica. Aquella era la entrada. Ares sacó una pequeña llave y le pidió a Samuel que esperara fuera. Después de cinco minutos que le parecieron eternos, le dijeron que pasara.

2

Había poca luz porque las ventanas estaban tapiadas, aunque tenían electricidad gratis gracias a un empalme con un cable que pasaba por la calle. Los rayos del sol únicamente podían entrar por la parte de atrás. Nadie diría que allí vivía alguien. No hacía falta ser muy listo para darse cuenta de que era una casa ocupada, aunque no lo pareciera desde fuera.

—Hola —dijo Samuel a las cuatro personas que se encontró, tres hombres y una mujer.

Todos vestían de forma parecida.

—Hola —respondieron varios de ellos.

Samuel se sintió observado. Era como un intruso que llega a un lugar prohibido.

—Menta, acompáñale al tercer piso. Allí hay una habitación libre. Haz que se lave y dale ropa limpia. Luego le subiremos la cena.

La chica era joven. Tendría alrededor de veinte años.

Llevaba un vestido verde y un pañuelo palestino atado al cuello. Tenía el pelo rubio peinado con unas rastas. Además, lucía un pequeño pendiente en la nariz.

—Ven conmigo —le dijo ella en un tono amable.

Él no pudo evitar sentir cierta desconfianza en los otros, incluso algo de malestar.

—¿Te ha llamado Menta? —le preguntó Samuel a la chica mientras subían las escaleras.

—Sí —respondió ella.

—¿Como el sabor?

—Aquí todos tenemos nombres así.

—¿Y quién los pone?

—Normalmente Ares, aunque a veces te deja escogerlo.

—¿Tú lo escogiste?

—Me lo puso él.

Cuando llegaron al tercer piso, entraron en una habitación vacía donde había una cama de matrimonio y una mesilla de noche. Parecían muebles viejos cogidos de la calle o de un contenedor de basura. «Es mejor estar aquí que dormir en un parque o en un cajero», pensó Samuel.

—En la casa tenemos luz, pero no agua corriente —le dijo Menta—. Traemos el agua en bidones cada día y luego la calentamos para bañarnos. Quédate en el cuarto mientras caliento el agua y la echo en la bañera.

—Vale. Gracias por todo.

—De nada —respondió ella mientras salía.

Samuel se quedó solo. Muchas dudas le pasaban por la cabeza. ¿Quién era esta gente? ¿Por qué lo ayudaban? ¿Qué querían realmente? En sus meses en la calle nadie se había interesado por él. Todas estas atenciones lo desconcertaban. No las entendía. Decidió no darle más vueltas al asunto y aprovechar el momento mientras durase.

Un cuarto de hora más tarde, Menta lo acompañó al baño. Tenían una vieja bañera que ella había llenado con agua caliente.

—Te he traído ropa limpia. Creo que es de tu talla. Avísame cuando acabes. Yo estoy en el cuarto de al lado.

—Vale —respondió él.

Se desnudó y se metió en la bañera. Menta le había dejado champú y un bote de gel de baño. La última vez que se bañó fue cuando vivía con su mujer. El agua se puso negra enseguida. Le dio vergüenza pensar que Menta la viera así, tan sucia. Se secó con la toalla y se puso la ropa prestada. Los zapatos le iban algo grandes, pero podía usarlos. Al salir, avisó a la chica y le dijo que él quería limpiar el baño. Ella respondió que no hacía falta.

—Vete al cuarto y descansa. Ares te traerá la cena y hablará contigo. Él me ha dado un libro para ti, para que te entretengas.

—Dale las gracias de mi parte —contestó mientras lo cogía y miraba la portada.

Era un ejemplar de *¿Qué es la propiedad?*, de Proudhon. El nombre del autor no le sonaba.

—Si quieres algo, avísame —dijo Menta antes de salir.

Cuando Ares llamó a la puerta de la habitación, Samuel estaba leyendo. Le traía un plato con algo de carne frita y una botella de agua. El olor le recordó a Samuel el hambre que tenía. Ares dejó la comida encima de la mesita de noche y se sentó con él en la cama.

—¿Te gusta el libro que te he dejado? —le preguntó Ares a Samuel.

—Sí, está bien. Hacía tiempo que no leía y lo he cogido con ganas.

—Puedes quedártelo si quieres. Te lo regalo.

—Muchas gracias.

—Te he traído con nosotros porque necesitamos que gente como tú nos ayude. ¿Te gustaría quedarte aquí, ser uno más de los nuestros? —le preguntó Ares.

—Sí, me encantaría —respondió sin dudarlo.

—Bien, eso está bien. Ahora cena y descansa. Pide a Menta cualquier cosa que necesites. Mañana hablaremos los dos del futuro.

—De acuerdo —contestó Samuel.

Ares se levantó y cerró la puerta al salir.

Durmió de un tirón hasta tarde. No lo despertó la luz del sol que entraba en su cuarto a través de unas cortinas casi transparentes. Se levantó cuando Menta llamó a la puerta y le trajo el desayuno.

—Buenos días, dormilón —dijo ella al entrar.

—Buenos días. ¿Qué hora es? —preguntó Samuel.

—Las diez y media. En el baño hay un orinal que puedes usar y algo de agua para lavarte. Luego te acompañaré al cuarto de Ares. Quiere hablar contigo.

Después de asearse bajaron juntos al primer piso, que era donde vivía el jefe. En las escaleras se encontraron con otra chica. Samuel la saludó, pero ella no le respondió. Parecía que no le gustaban los extraños.

—Buenos días, Samuel. Siéntate aquí conmigo —le dijo Ares mientras le acercaba una silla—. Gracias por todo, Menta. Ya puedes irte.

Ella salió del cuarto sin decir nada y cerró la puerta al salir.

—Bueno, Samuel, ¿estás a gusto aquí?

—Sí, me habéis tratado muy bien. Lo estaba pasando mal en la calle.

—Nadie debería verse obligado a vivir así. Nosotros queremos cambiar eso. Sin embargo, antes de que puedas unirte al grupo, ser uno más, debes solucionar un problema que hay en tu vida y que te está destruyendo.

—¿El qué? —preguntó Samuel, aunque ya sabía la respuesta.

—Me refiero al alcohol. No podemos tener entre nosotros a alguien que sea prisionero de una adicción. Aunque parezca lo contrario por nuestro aspecto, no nos gustan las drogas. Aquí están prohibidas. Son un instrumento que el sistema usa para evitar que pensemos en lo importante.

—Sí, yo quiero dejarlo. El alcohol ha alejado a mi familia de mi lado para siempre.

—Ahora puedes tener una segunda oportunidad. Debes ser fuerte y enfrentarte a ese monstruo que está en tu interior. ¿Deseas hacerlo? —le preguntó Ares mirándole a los ojos.

Samuel sintió claramente el poder de convicción que ese hombre ejercía sobre los que lo rodeaban.

—Quiero hacerlo —contestó.

—Nosotros podemos ayudarte, pero lo más importante es tu voluntad. Con una voluntad fuerte se puede conseguir casi cualquier cosa que se desee.

—Estoy dispuesto a hacer lo que haga falta para dejarlo —respondió Samuel.

—Abajo tenemos una habitación completamente cerrada, sin ventanas, a la que llamamos el hoyo. Tiene una puerta con una abertura por donde te podemos pasar la comida. Debes quedarte allí dentro una semana, para desintoxicarte. Tengo un amigo que es médico y puede venir a echarte un vistazo. Con unos tranquilizantes podrás pasar mejor esos días.

—Me parece bien el plan.

—Perfecto —contestó Ares—. Te advierto que no será fácil, ni para ti ni para nosotros. Te sentirás mal. Te dolerá el cuerpo, gritarás, nos insultarás, suplicarás que te dejemos salir. Lo hemos hecho antes y sabemos lo que pasa.

—Intentaré ser fuerte.

—Nosotros te ayudaremos. Quédate aquí un momento. Voy a hablar con los demás para explicarles lo que vamos a hacer. Luego te acompaño al cuarto.

Ares se levantó y salió dejando la puerta abierta. Samuel no se atrevió ni a moverse de la silla. Se entretuvo mirando la habitación de su benefactor. Estaba llena de libros colocados unos encima de otros en unas estanterías improvisadas hechas con tablones de madera. Tenía una mesa que le pareció curiosa porque era una puerta colocada horizontalmente sobre dos caballetes. No vio fotos ni ningún otro objeto personal.

Su anfitrión entró acompañado por un par de hombres. Uno de ellos llamó especialmente la atención a Samuel. Era enorme, con la cabeza rapada y cara de pocos amigos. Ninguno de los dos habló, ni siquiera lo saludaron.

En la planta baja, al fondo, estaba el cuarto donde iba a pasar la próxima semana. Cuando entró sintió algo de miedo. Era pequeño y las paredes estaban recubiertas de colchones para evitar que se oyera algo fuera. Le pareció una especie de celda siniestra. Recordó esas historias de gente que hace cosas horribles a vagabundos sin familia como él y temió lo peor. Ares notó su angustia cuando estaban los cuatro dentro.

—No sé, no se ve acogedor —dijo Samuel un tanto inquieto.

—Eso es lo que menos importa ahora —replicó Ares.

—¿Por qué están las paredes tapadas con colchones? —preguntó Samuel.

—Es para evitar que te hagas daño, y para que tus gritos no nos despierten durante la noche o alerten a los vecinos. Pasar el síndrome de abstinencia puede ser duro. Algunos se tiran días chillando sin parar —respondió Ares—. Pero tú no te preocupes por eso. Yo sé que lo vas a hacer bien.

—Eso espero.

—A este grandullón de aquí lo llamamos Tivadar. Él hará el primer turno. Después lo sustituirá Job. Por la noche vendrá mi amigo médico para que te dé un sedante y así puedas dormir. Ya verás cómo dentro de una semana estás curado. Hablaremos de nuevo cuando salgas.

Los tres se levantaron y salieron. Samuel estaba metido en una cárcel. Y lo peor de todo es que había entrado por voluntad propia. Al mediodía le pasaron la comida a través de la abertura que había en la puerta. Tenía un cubo para hacer sus necesidades. No bebía nada desde el día anterior y por la tarde estaba nervioso, inquieto, quería salir de allí cuanto antes. Se tumbó sobre la cama y empezó a pensar.

Los hechos eran que se había metido en una habitación aislada e insonorizada porque unos desconocidos se lo habían pedido. Ahora estaba en sus manos. Podían hacer con él lo que quisieran. Samuel recordó las famosas películas *snuff*, donde se grababa la muerte de alguien. Quizás querían matarlo y grabarlo todo para después venderle el vídeo a algún psicópata. O lo que pretendían era descuartizarlo para vender sus órganos a algún rico que pudiera necesitarlos. Nadie lo echaría de menos, y los otros lo sabían. «¿Cómo me he metido en esta historia?», pensó.

Cuando le pasaron la cena le dijo a Tivadar que quería hablar con Ares, que necesitaba salir de allí. No le hizo caso. Ni siquiera respondió. Eso lo puso todavía más nervioso. Una hora después empezó a golpear la puerta gritando que quería marcharse. No consiguió nada. Tenía un dolor de cabeza terrible, temblores, y sudaba sin parar. Se encontraba fatal. Samuel pensó que quizás le estaban metiendo algo en la comida, que a lo mejor querían envenenarlo. Se cansó de golpear la puerta y de chillar. Se tumbó en la cama. Tenía sueño. Estaba cansado y cada vez sudaba más.

Cuando llevaba un rato tumbado, abrieron la puerta de repente. Entró un hombre joven, con el pelo largo, acompañado de Tivadar y Job.

—¿Cómo te encuentras? —le preguntó.

—Fatal. Quiero marcharme. Iré a un hospital. ¿Qué queréis hacer conmigo? —respondió Samuel.

—No te preocupes. Ahora voy a ponerte una inyección de diazepam para que te tranquilices y puedas dormir.

—No quiero que me inyectes nada. Me largo de aquí.

El médico le hizo un gesto con la cabeza a sus dos acompañantes, que agarraron a Samuel de los brazos. Estaba demasiado cansado para oponer mucha resistencia. Le pusieron la inyección y salieron de la habitación tan rápido como habían entrado. No tardó en dormirse. Al despertar no sabía si era por la mañana o por la tarde. Comenzó a perder la noción del tiempo. A veces vomitaba y tenía demasiadas náuseas para comer algo sólido. Lo que se repetía casi cada día era la visita del médico y sus inyecciones.

A los cinco días dejó de comer y de beber porque pensaba que lo estaban envenenando. Entró en un estado de *delirium tremens* y empezó a tener alucinaciones. Veía hormigas por todas partes. Sentía que le subían por las manos, que lo mordían con sus pequeños dientes. Se rascaba hasta hacerse sangrar porque creía que estaban debajo de su piel. Chillaba pidiendo ayuda. Nadie parecía querer oírle. Le dio la vuelta a la cama e intentó romper la puerta usándola como ariete. No consiguió nada, excepto agotarse. Finalmente se tumbó encima del colchón y se quedó dormido.

Así estuvo dos días, durmiendo sin parar y teniendo extraños sueños que le parecían reales. Cuando despertó se sentía más tranquilo, aunque le dolía el cuerpo y su ropa estaba empapada de sudor. Un par de horas después volvió a ver al médico que lo había estado vigilando.

—¿Estás mejor? ¿Cómo te encuentras? —le preguntó.

—Tengo hambre —contestó Samuel.

—Eso es bueno. Llevas dos días durmiendo. Ya puedes salir de aquí.

Fuera estaba Menta, que lo esperaba. Lo acompañó a su cuarto en el tercer piso. Lo ayudó a subir las escaleras agarrándole de la cintura. Llevó algo de comer a su habitación y le preparó el baño. Se sentía sucio y hambriento, y aquellas atenciones le sentaron de maravilla.

Al cabo de un rato, Ares fue a hablar con él.

—¿Estás mejor ahora? —le preguntó.

—Sí, gracias por todo. Tuve mucho miedo ahí dentro y pensé cosas horribles de vosotros —confesó Samuel.

—Eso es normal. El síndrome de abstinencia provoca alucinaciones y paranoias. Lo importante es que estás bien. Sin embargo, no debes engañarte: sigues siendo un alcohólico. No basta una semana encerrado en una habitación para superar una adicción así. En la calle lo más probable es que volvieras a caer en lo mismo de siempre. Por eso debes quedarte aquí. Nosotros te ayudaremos. Si quieres salir, al menos durante unos meses, es conveniente que lo hagas siempre acompañado, para evitar tentaciones con el alcohol. ¿Te parece bien?

—Sí. Pero… ¿por qué hacéis esto por mí?

Samuel no podía quitar esa duda de su mente.

—Ya te lo dije antes. Quiero que nos ayudes en nuestra causa —respondió Ares.

—¿Qué causa?

—A cambiar este sistema corrupto en el que vivimos. No te preocupes por nada de eso ahora. Menta te enseñará el resto del edificio y te presentará a todo el mundo. Muchos están ansiosos por conocerte. La llegada de un posible nuevo miembro es un acontecimiento.

—Yo también quiero conocer a la gente.

—Hay una cosa que tienes que entender. Todavía no formas parte de nuestro grupo. Para serlo deberás superar dos pruebas y hacer una promesa. Por lo tanto, habrá cosas que no sepas o que no entiendas. Lo mejor es que no preguntes demasiado y que vayas observando a los demás.

—¿Qué pruebas? —preguntó Samuel.

—Lo sabrás en su momento. Debe quedarte claro que aquí tenemos reglas estrictas. Sin ellas no podría convivir tanta gente en el mismo sitio. Somos anarquistas, pero eso no significa que rechacemos el orden. Todos tenemos una ocupación asignada que debemos cumplir. Algunos trabajan fuera y dan su sueldo a la comunidad. Otros tienen tareas aquí. Tú te quedarás con nosotros. En la calle podrías volver a recaer. De momento te encargarás del agua con Menta. Es la que más conoces.

—Como quieras.

Ella le enseñó la casa. Estaba bastante bien acondicionada para ser un edificio abandonado. Había luz eléctrica y televisores en casi todas las habitaciones. Cada piso tenía un baño que compartían para lavarse.

Lo que más sorprendió a Samuel era lo organizados que estaban. Parecía más un cuartel militar que una casa okupa. Los que trabajaban fuera, unos cuatro o cinco, se liberaban de cualquier tarea en la casa. Los otros atendían sus necesidades. Había un encargado permanente del mantenimiento. Otros hacían la comida, y dos o tres personas se dedicaban en exclusiva a la limpieza.

Menta y Samuel se encargaban del agua. Tres veces al día iban a una fuente y llenaban hasta arriba unos diez bidones pequeños de plástico. Los llevaban en unos viejos carros de supermercado y luego los subían por las escaleras hasta los baños y la cocina para que siempre hubiera agua limpia disponible para beber y para lavarse.

Ella lo presentó a sus compañeros. Allí vivían unas veintitrés personas, casi el mismo número de hombres que de mujeres, incluidos dos niños y una niña. Algunos lo recibieron con más simpatía que otros. Samuel comprobó que, al igual que la gente que ya había conocido, todos tenían nombres extraños. Nadie se llamaba María o Juan. La mayoría dormía en habitaciones individuales; otros compartían el cuarto con otra persona, o con dos más.

Un día que estaba descansando en su cuarto, Menta entró en la habitación. Le preguntó cómo estaba. Solo por el tono de su voz y por cómo lo miraba supo lo que ella quería. Él no había pensado en otra cosa desde la primera vez que la vio. Antes de que se dieran cuenta se estaban arrancando la ropa mientras se besaban apasionadamente. Hacía meses que no estaba con una mujer, desde que Marta lo echara de casa. Al final apenas tenían relaciones, se pasaban el día entero discutiendo. Cuando terminaron, mientras estrechaba el cuerpo desnudo de Menta entre sus brazos, sintió una paz que hacía mucho, mucho tiempo que no experimentaba. Se sentía más vivo que nunca.

3

Cada viernes Ares daba un pequeño discurso. Se hacía en la planta de abajo. La gente llevaba las sillas de sus cuartos y se sentaban allí a escuchar lo que tenía que decir. Cuando terminaba, ponían tablones encima de unos caballetes para que hicieran de mesas, y cenaban juntos.

La primera vez que lo oyó hablar en público, Samuel comprendió lo importante que era para aquellas personas. Él era el que los guiaba, lo que mantenía unido al grupo. Tenía un magnetismo especial, un carisma innato. Mandaba sin necesidad de levantar la voz; su presencia era suficiente. El líder se sentó en un viejo sillón que se usaba solo para esas charlas y empezó a hablar con voz clara y firme.

«Hoy es un día especial. Un nuevo miembro puede unirse a nosotros. Samuel ha decidido empezar un nuevo camino. Quiero darte la bienvenida a nuestra pequeña comunidad y desearte que encuentres aquí la felicidad. Estoy seguro de que hablo en nombre del grupo si digo que haremos lo posible para que así sea.

»Como ya sabéis, nuestro compañero ha estado una semana metido en el hoyo, curándose de su adicción al alcohol. No es el único de nosotros que ha estado encerrado en esa habitación desintoxicándose. Yo mismo fui prisionero de la droga hace quince años, cuando ninguno de vosotros me conocía. Estuve enganchado a la heroína durante tres largos años en los que viví en el infierno. Sí, yo lo he conocido. No es un lugar donde pagamos por nuestros pecados después de la muerte. Existe aquí y ahora. Es un estado de la mente, una forma de estar en el mundo.

»Me vi obligado a robar para pagarme mi adicción, a hacer cosas de las que todavía me arrepiento. Estuve en prisión durante dos años y medio. Allí es cuando logré ser de nuevo una persona. La droga es lo más terrible que existe porque te arrebata tu humanidad. Te conviertes en un esclavo de tu propia adicción. Era un prisionero, pero logré conquistar la libertad que me habían arrebatado.

»Encerrado casi todo el día entre aquellas cuatro paredes, tuve tiempo de pensar en muchas cosas, en los demás y en mí mismo. Comprendí que vivimos en una sociedad corrupta a la que le interesa que los menos favorecidos estén esclavizados por adicciones terribles. La droga es una forma más de control del sistema, un escape al que muchos recurren porque no ven otro camino.

»Cuando salí de la cárcel, entré en una casa ocupada como esta. Allí algunos de vosotros me conocisteis. Ese fue el principio del sendero que estamos recorriendo juntos. Lo que vi en aquel lugar no me gustó. No me gustaba ver a mujeres ejerciendo como prostitutas para pagarse su adicción. O robando y traficando como yo había hecho antes, contribuyendo de esa forma a una industria que somete a los que caen en sus redes. Me enfrenté a esa situación y decidí marcharme de aquel lugar. Tuve la suerte de no irme solo y que bastantes de los que estáis aquí me acompañarais. Hemos fundado juntos una comunidad sin las ataduras de la familia burguesa, una comunidad que aspira a cambiar las cosas.

»La respuesta no es el escape que nos proporciona la droga o la religión. La solución a los problemas de la sociedad pasa por un cambio de sus fundamentos mismos, por el fin de un Estado que esclaviza a aquellos que están bajo su mando. Nosotros no queremos pertenecer a un sistema donde una pequeña oligarquía somete a todos los demás. Queremos ser libres y vamos a luchar con todas nuestras fuerzas para conseguirlo. Somos guerreros, soldados inmersos en una guerra donde casi todo está en nuestra contra. Esto no debe hacernos desfallecer, sino que hará más hermosa nuestra victoria. Gracias».

Todos aplaudieron entusiasmados cuando terminó. Samuel estaba impresionado por lo que había oído. Sintió que, después de mucho tiempo, por fin había encontrado su lugar. Se sentía afortunado de poder estar allí esa noche y no tirado en un sucio parque, entregando su vida a un abismo oscuro de tristeza y desesperación. Ahora ya no tenía que preocuparse de las discusiones con su mujer, de no encontrar trabajo, de intentar ser útil en una sociedad que lo rechazaba.

Un par de semanas después, se sentía ya uno más del grupo. Era como si siempre hubiera estado con ellos. No había probado ni una gota de alcohol desde que salió de aquella habitación en la que pasó una semana. Y siempre que salía a la calle, Menta lo acompañaba. Estaba tan entretenido con sus tareas diarias que eso mantenía alejada la tentación de su mente.

«Bebías porque te sentías vacío, porque no tenías nada por lo que vivir. Un hombre necesita una meta por la que pelear. Es mejor luchar por una causa equivocada que no luchar, porque esa lucha es lo que nos permite seguir adelante, levantarnos cada mañana, encontrar un sentido a nuestra existencia —le dijo Ares un día—. Pero debes estar alerta. No permitas que nada te vuelva a llevar al camino oscuro donde te encontramos. Cuando te vi en aquel bar y sonaba aquella música inquietante, supe que tú y yo estábamos llamados a compartir nuestras vidas. No pude evitar ayudarte cuando te encontré solo y triste en aquel parque. Creo que el destino nos unió y espero que pronto nos revele sus intenciones. En unos días deberás pasar las pruebas que te permitirán ser de los nuestros. Todos confiamos en ti y estoy seguro de que no nos defraudarás». Samuel le prometió que haría lo que fuera necesario. «Sé que lo harás bien», respondió Ares mirándole fijamente a los ojos.

Una mañana, sin avisar, llegó el esperado momento de su primera prueba. Samuel no sabía en qué consistía y las dudas no dejaban de atormentarle. Incluso llegó a preguntar a Menta cómo habían sido las suyas. Ella no quiso decirle nada. Le explicó que los que estaban desde el principio con Ares no las habían hecho, y que los que llegaron más tarde, como ella, tenían cada uno pruebas distintas de las que no se podía hablar con nadie.

Ares le pidió que lo acompañara. Con ellos iban también Job y Tivadar. Cogieron un coche y estuvieron conduciendo sin hablar casi una hora, un tiempo que a Samuel le pareció eterno. Habían salido de la ciudad. Estaban en el campo, en un pueblo llamado Sils. Se adentraron por una carretera de tierra y dejaron el auto aparcado enfrente de una casa abandonada bastante grande. La puerta estaba cerrada con un candado que abrieron. Dentro había una cama y una estantería que parecía que estuviera a punto de caerse. Los cuatro se sentaron en unas sillas viejas, al lado de una mesa de madera que estaba cubierta por un sucio mantel amarillento.

—Ha llegado el momento de que sepas varias cosas antes de seguir adelante —le dijo Ares a Samuel—. Nosotros no somos simplemente un grupo que intenta vivir al margen de esta sociedad corrupta que nos oprime. Nosotros queremos luchar contra un sistema opresor que nos esclaviza. ¿Comprendes?

—Sí, lo entiendo —respondió el otro.

—Y esa lucha no se puede hacer solo con la palabra. A veces la fuerza es necesaria. Todas las grandes revoluciones han sido posibles gracias a la sangre de los que han luchado por lograrlas. La libertad tiene un alto precio. Nos gustaría que te unieras a nosotros en esa lucha contra el Estado.

—Yo también quiero cambiar las cosas. Y haré lo que haga falta para conseguirlo —contestó Samuel.

—Eso está bien. Como ya sabes, algunos de los nuestros aportan a esta causa su sueldo. Pero eso no es suficiente para mantenernos a todos. Es necesario conseguir recursos económicos de otra forma. Por eso, de vez en cuando nos vemos obligados a atracar algún banco para quitarles a esos parásitos una pequeña parte de lo que ellos le roban a la sociedad y poder continuar así nuestra lucha. Tu primera prueba consiste en venir con nosotros tres a un atraco. Si no quieres hacerlo, ahora es el momento de decirlo. Te acompañaremos de nuevo a la ciudad y allí podrás seguir con tu vida. Eso sí, debes prometer que nunca hablarás de nosotros a nadie, bajo ninguna circunstancia.

—Estoy dispuesto a hacerlo —contestó Samuel sin dudarlo.

—¿Seguro? Después no habrá marcha atrás.

—Sí, totalmente.

—¿Has disparado alguna vez una pistola? —le preguntó Job.

—No, pero todo se aprende —replicó Samuel.

—Así me gusta, campeón —dijo Tivadar mientras se levantaba.

De una mochila que llevaba en la espalda Tivadar sacó cuatro pistolas y munición. Las cargó y le entregó una a cada uno. Job le enseñó a Samuel cómo funcionaba la suya. Después salieron fuera y estuvieron disparando un buen rato a unas latas. Al principio Samuel no acertaba ni una y los otros se burlaban de él. Luego empezó a acercarse más al objetivo. Los otros tres, en cambio, tenían más puntería.

—No te preocupes si no les das a las latas —le dijo Job—. Normalmente no nos vemos obligados a disparar.

La gente se asusta al ver las armas. Si hay que pegar algún tiro, nosotros lo haremos. No dispares nunca si no está tu vida en peligro. Si lo haces, todo puede irse a la mierda. Tú fíjate siempre en nosotros y no te pongas nervioso.

—Haré lo que pueda —contestó Samuel.

Después de estar disparando un buen rato, Ares quiso que entraran a la casa otra vez. Allí le explicaron el plan a su nuevo compañero.

Llevaban un par de semanas vigilando una oficina bancaria. Job se quedaría fuera, dentro del coche, con el motor encendido y vigilando si llegaba la policía. El jefe sería el encargado de meter el dinero en una bolsa y los otros dos, Tivadar y Samuel, debían cubrirle con las pistolas intimidando a los clientes y a los empleados del banco. Cuando Ares acabara de coger el dinero, tenían que correr hacia el coche y salir a toda velocidad. El atraco se haría a media mañana, sobre las once, para evitar el tráfico de las primeras horas.

—Los bancos son unos parásitos —dijo Job en el coche mientras volvían a casa—. Se aprovechan de la gente hipotecándola de por vida por cuatro paredes y luego tienes que trabajar para ellos como si fueras su esclavo. No les importa echar a una familia con niños pequeños a la calle si no pagan. Lo único que quieren es tu dinero. Las personas se la sudan.

—Son una parte más de este sistema podrido —continuó Ares—. Los políticos, los empresarios y los banqueros son siempre la misma gente. Vivimos sometidos por una élite que quiere seguir mandando hasta el fin de los tiempos. Para ellos no supone nada un atraco a una pequeña oficina bancaria. Tienen seguros que lo pagan todo. Igual hasta les sale rentable. Nosotros, con ese dinero, podemos seguir nuestra lucha.

Samuel escuchaba y no decía nada.

—¿Estás bien? —le preguntó Tivadar.

—Sí, lo siento, es que estoy nervioso.

—¿No te irás a echar atrás ahora? —dijo Job.

—Yo sé que no lo hará —contestó Ares.

—Podéis estar seguros de que daré la talla —replicó él.

Cuando llegaron a casa, Samuel subió a su cuarto y se tumbó en la cama. A pesar de lo que había dicho en el coche, las dudas asaltaron su mente. Tenía miedo de no atreverse a hacer lo que le pedían, miedo de disparar cuando no debía, miedo de volver a la vida que tenía antes. No cenó casi nada y le dijo a Menta que prefería estar solo, que no se encontraba bien.

Ares fue a buscarlo a su cuarto temprano. Apenas había dormido tres horas. Se sentía agotado y todavía no había empezado el día. Los cuatro desayunaron algo juntos y se metieron en el coche rumbo a su objetivo.

Habían llegado pronto y les sobraba tiempo. Tivadar se fue a inspeccionar la zona. Los otros tres lo esperaron en una cafetería. Cuando volvió les dijo que todo estaba en orden. Había llegado el momento de actuar.

A las once en punto, Job aparcó en doble fila delante del objetivo con las luces de emergencia puestas y el motor encendido. Ares, Samuel y Tivadar se pusieron unas máscaras antes de entrar en el banco para que las cámaras no pudieran grabar sus caras. Entraron corriendo y apuntaron con sus pistolas a las personas que había dentro.

—¡Que nadie se mueva! —gritó Ares—. ¡Mete todo el dinero aquí! —le ordenó a una empleada del banco.

Se puso nervioso ante la lentitud de la mujer al ir metiendo los billetes en la bolsa.

—¡Más rápido! —le gritó.

Ella aceleró el ritmo. Los otros dos apuntaban a la gente con actitud amenazante. Samuel se sorprendió a sí mismo de lo tranquilo que estaba. La adrenalina apartó cualquier duda o nerviosismo de su mente. En pocos minutos ya habían acabado y salieron corriendo del banco. Se metieron en el coche y abandonaron el lugar. Mientras se alejaban, oyeron las sirenas de la policía a lo lejos.

Cuando llegaron a casa, Samuel estaba exultante. Había conseguido superar la primera prueba. A la euforia inicial le siguió una profunda sensación de cansancio. Apenas había dormido y, en cuanto desapareció la tensión, se dio cuenta de lo débil que estaba. Les dijo a los otros que iba a acostarse. Durmió casi tres horas de un tirón y después comió algo. Luego se atrevió a ir al cuarto de Ares. Quería preguntarle por el futuro. Cuando entró, el jefe lo recibió con una sonrisa.

—¿Cómo te encuentras? —le preguntó.

—Bien. Necesitaba dormir un poco. Esta noche estaba muy nervioso y no pegué ojo —contestó Samuel.

—Te has portado como un valiente. Nunca dudé de ti.

—Y ahora... ¿qué va a pasar?

—Todavía te queda un obstáculo por superar. Pero por hoy hemos tenido bastante. Mañana por la noche deberás enfrentarte a la segunda y última prueba.

—¿Qué tendré que hacer?

—Lo sabrás cuando llegue el momento. Lo mejor es que no pienses en ello —le aconsejó Ares.

Samuel intentó distraerse con tareas banales. Se dedicó a limpiar su cuarto. Ordenó las pocas cosas que tenía y ayudó a Menta a traer agua de la fuente donde solían ir. Quería estar ocupado en algo para evitar pensar en lo que le esperaba. Las horas que pasaron antes de que volviera a salir con Ares, Job y Tivadar le parecieron eternas. Era como si el tiempo estuviera estancado, como si las agujas de todos los relojes del mundo se hubieran puesto de acuerdo para ir más despacio. Cuando le dijeron que les acompañara, tuvo la sensación de que habían pasado años desde lo del atraco. Se sintió aliviado de que su espera se acabara.

Cogieron el coche sobre las nueve de la noche y se marcharon a Barcelona. Entraron en el barrio de Sants a través de la avenida Madrid. Giraron a la derecha, en la calle Joan Güell. Pasaron despacio por una plaza que tenía una estatua en el centro que Samuel no pudo reconocer. A su izquierda, le llamó la atención una iglesia. Era un triángulo con el vértice de arriba redondeado. En medio había una vidriera que le recordó al ojo de un cíclope. Esa visión de noche le causó una gran impresión. Dieron la vuelta a la plaza. Pasaron por lo que parecía una vieja nave industrial reconvertida. Una mujer de unos cincuenta años, teñida de rubio y vestida con un chándal y unas zapatillas de estar por casa bajaba en ese instante una bolsa de basura a los contenedores de la calle Torrent de Perales.

—¡A por esa! —gritó Ares a sus dos acompañantes.

Samuel se quedó paralizado y no supo qué hacer. Los otros tres salieron del automóvil. Tivadar le puso en la cabeza una capucha de color negro a la mujer. Después la agarró del cuello. No tuvo tiempo de reaccionar ni de girarse. Ares y Job la ataron. Ella se resistía e intentaba darles patadas. Job le dio un puñetazo en el estómago que hizo que se doblara de dolor. La metieron en el maletero y arrancaron el coche.

—¿Qué vais a hacer? —preguntó Samuel.

Nadie contestó.

La señora intentaba gritar y se oía cómo golpeaba con sus pies el maletero. Su esfuerzo era inútil. No iba a conseguir escapar tan fácilmente.

Condujeron un rato más y salieron de la ciudad. Pararon en un descampado en las afueras. Dejaron los faros encendidos y sacaron a la mujer. La pusieron de rodillas delante de las luces del coche.

—Por favor, quiero irme a mi casa… —decía ella llorando, con la voz ahogada por la capucha que cubría su cabeza.

—Si no te callas, zorra, te matamos aquí mismo —le advirtió Tivadar.

Ella se calló. Sin embargo, no pudo evitar seguir llorando. Job sacó una pistola y se la dio a Samuel.

—¿Qué tengo que hacer con esto? —preguntó él.

—Debes dispararle un tiro. Esta es tu prueba final —le aclaró Ares.

Samuel se quedó helado. Nunca había matado a nadie. Sintió un nudo en el estómago y un sudor frío por todo su cuerpo.

—¿Es que tienes miedo? —le provocó Tivadar.

—No —replicó Samuel mientras pegaba el cañón de la pistola a la cabeza de la mujer.

—No, por favor... —decía ella con una voz casi inaudible.

En ese momento un charco empezó a formarse bajo sus piernas.

—Se está meando encima de miedo —dijo Job.

—¡Dispara! —le gritó Ares al ver que no se atrevía a apretar el gatillo.

Samuel parecía una estatua. Se había quedado petrificado con la pistola en la mano.

—¡Dispara! —insistió de nuevo.

Apretó el gatillo. El ruido de la detonación golpeó la noche silenciosa. La mujer cayó hacia delante, pero seguía llorando. Estaba viva. Ares le quitó la pistola a Samuel, que no entendía nada de lo que había pasado.

—Las balas son de fogueo. Sabía que no nos fallarías —le dijo Ares.

—¿Qué pasa con la mujer? —preguntó Tivadar.

—La dejaremos aquí. Ya la encontrará alguien —respondió Job.

Al llegar a casa, Samuel se acostó sin cenar. No le apetecía ver a nadie y no tenía hambre. Quería estar solo. Se tapó la cabeza con las sábanas y no pudo evitar llorar en silencio durante un momento antes de dormirse.

4

L a mañana siguiente Ares subió a verle a su cuarto.

—¿Lo he conseguido? —le preguntó Samuel.

—Sí, pero antes quiero decirte una cosa. Ha llegado el momento de que conozcas nuestro verdadero nombre. Somos el Movimiento de Liberación Anarquista, el MLA. Debes saber que somos un grupo en guerra contra el Estado. Los atracos a bancos no persiguen únicamente obtener recursos económicos, sino que son una forma de combatir un sistema injusto. Somos luchadores por la libertad y ahora tú también lo eres.

—Sí, es lo que quiero.

—¿Cuál es tu nombre completo? —le preguntó Ares.

—Samuel Alvarado Cáceres —respondió.

—Olvídalo. Ese es tu nombre de esclavo. A partir de hoy te llamarás Samael.

—Me gusta —contestó.

—Esta noche nos reuniremos abajo como hacemos

los viernes y harás tu promesa como miembro del MLA. Hay una cosa más que debes saber: la traición se paga con la muerte. No puedes hablar de nosotros ni de nuestras actividades a nadie. Si lo haces, te consideraremos un traidor e iremos a por ti.

—¿Eso significa que no se puede abandonar el grupo? —preguntó Samuel.

—Si alguien lo desea puede marcharse. No es obligatorio estar aquí. Pero no se puede hablar de la organización. Nuestra discreción es lo que nos ha permitido sobrevivir hasta ahora. Si alguien la rompiera, estaríamos perdidos.

Después de decir esto, le aconsejó que descansara un poco hasta la hora de la cena. Cuando lo llamaron, ya estaban todos sentados en la sala de reuniones. Ares lo esperaba de pie, delante del grupo. Lo llevaron a su lado. El líder comenzó a hablar. Los demás le escuchaban en silencio.

«Samuel ha superado sus pruebas y pasará a ser un miembro de pleno derecho del MLA. Esta es una decisión que sin duda le cambiará la vida y que nos llena de alegría. A partir de este mismo momento su nuevo nombre será Samael. Así será conocido entre nosotros.

»Repite conmigo: Prometo defender al MLA con mi propia vida si fuera preciso y no revelar a nadie nuestras actividades. Prometo luchar contra el Estado opresor con los medios disponibles a mi alcance. Prometo lealtad incondicional al líder de nuestro grupo y a sus miembros».

Samuel repitió sus palabras. Cuando acabó, se levantaron uno a uno y le dieron un abrazo a su nuevo compañero. El último en hacerlo fue Ares, que le dio la enhorabuena. Después se sentaron todos juntos a celebrarlo y brindaron por él. Por primera vez en su vida sentía que había encontrado su camino y estaba dispuesto a recorrerlo hasta el final.

Un mes después de su promesa, Samael dejó de encargarse del agua. Cada día pasaba más tiempo con Ares y lo ayudaba a preparar sus discursos del viernes. Tenían mucha confianza el uno en el otro. Eso comenzó a despertar ciertas envidias. La importancia de los miembros del grupo se medía por la cantidad de tiempo que estaban con el líder.

Samael se enteró de ese malestar una noche, mientras dormía con Menta.

—Algunos ven mal que estés tan cerca de Ares —le dijo ella.

—¿Por qué? —preguntó Samael—. Yo solo hago lo que él me pide, igual que los demás.

—Hay gente que lleva más de diez años a su lado y ahora ven cómo un recién llegado les desplaza, cuando ellos lo han dado todo por el MLA —le aclaró Menta.

—¿Cómo sabes tú eso?

—He oído cosas —respondió ella—. Me preocupa lo que pueda pasarte.

—¿Qué quieres decir? —le preguntó Samael en un tono que delataba su preocupación.

—Aquí hay personas a las que es mejor no enfadar —contestó Menta.

—¿A quién te refieres?

—Yo no he dicho nombres. No voy a acusar a nadie. Solamente quiero prevenirte.

—Job y Tivadar —dijo Samael.

Solo podían ser ellos. Los más cercanos a Ares hasta que él llegó.

—Tú lo has dicho, no yo —le confirmó ella.

—Gracias por advertirme.

Después de su conversación intentaron dormir, aunque a él le costó mucho conciliar el sueño. Estaba demasiado preocupado por lo que Menta le había dicho.

Los meses pasaron sin que Samael apenas se diera cuenta. Se dedicaba a leer y a ayudar a Ares con sus discursos. No quiso molestar al líder con rumores de los que no tenía pruebas y casi se olvidó de la advertencia de Menta. Lo que más recordaría de esa época fue una conversación que tuvieron un día en que el jefe lo invitó a desayunar fuera, en un restaurante de comida rápida, algo que era muy raro.

—¿Por qué hemos venido aquí? —preguntó Samael extrañado.

—Quiero enseñarte una cosa y explicarte algo —contestó Ares en tono enigmático.

—¿El qué?

—Ya lo verás. Debes ser paciente. Lo bueno siempre se hace esperar. Pídeme un café. Tú tómate lo que quieras.

Samael hizo el pedido y lo llevó a la mesa.

—Fíjate en el tipo que está ahora detrás del mostrador —le dijo Ares al poco de empezar a desayunar—. ¿Lo ves?

—Sí, parece el encargado.

—Una vez vine aquí solo y me llamó la atención la energía con la que mandaba a los otros, cómo procuraba que cada cosa estuviera en su sitio. Incluso vino a preguntarme si todo estaba a mi gusto, algo que no se suele hacer en estos sitios. Normalmente te sirven y se olvidan de ti.

—¿Qué tiene eso de especial?

Samael no entendía nada.

—Seguro que gana casi el sueldo mínimo y se esfuerza para conseguir un puesto mejor que nunca llegará, para pagar un pequeño piso hipotecado, cuatro paredes donde caerse muerto que ayudarán a que los bancos ganen más dinero.

—Lo más probable es que sea así.

—El sistema nos dice que debemos esforzarnos, que tenemos que ser como ese insignificante encargado de este restaurante de mala muerte, porque así conseguiremos mejorar nuestra vida. Esa es una gran mentira, un engaño para que otros se hagan todavía más ricos. Los poderosos quieren convencernos de que ellos están en la cúspide de la pirámide por méritos propios, porque se lo merecen, porque son mejores. La meritocracia es una ideología que persigue justificar las desigualdades sociales. Puedes esforzarte todo lo que quieras, tener varias carreras o hablar cinco idiomas. No servirá de nada. No llegarás nunca a ocupar un verdadero puesto de poder. Tu talento, tu trabajo, no importan. Lo único relevante es si perteneces a la oligarquía o no. Las familias de los poderosos ya se encargan de situar a sus miembros en los puestos destacados de la sociedad.

—Los oligarcas son sucedidos casi siempre por sus hijos.

—Ese pobre encargado puede hacer lo que quiera, puede ser el mejor del mundo en su trabajo, pero no conseguirá nada. De aquí a veinte años estará en el mismo sitio o en algún lugar todavía peor que este. ¿Crees que los que estudian en Oxford o en Harvard son más listos que tú y que yo? La única diferencia que hay entre ellos y nosotros es el dinero, la pertenencia a la oligarquía, a la cúspide del sistema. El tener poder o el no tenerlo.

—Supongo que tienes razón.

—Las clases trabajadoras no se rebelan porque se han creído la mentira de la meritocracia. Creen que la desigualdad que les margina es justa. Los ricos piensan que merecen ser ricos, y los pobres, que merecen ser pobres. De esta forma se legitima ideológicamente la explotación de los más débiles.

—¿Y qué podemos hacer nosotros contra eso?

—Luchar, pelear con todas nuestras fuerzas, aunque sepamos que vamos a perder —respondió Ares.

Su último botín les duró casi medio año. No necesitaban mucho para vivir. No pagaban alquiler ni facturas. Además, algunos de ellos daban lo que ganaban al grupo. Cuando empezó a acabarse el dinero planearon otro golpe en un banco. Ares lo preparó con Job y Tivadar, sus hombres de confianza en esos asuntos. Samael quiso participar como la última vez. El líder le dijo que prefería gente con experiencia.

Sin embargo, esta vez las cosas no salieron como estaban previstas. La policía llegó antes de tiempo y hubo un tiroteo. Ares fue herido en el pecho. Cuando llegaron a casa, estaba muerto. Ya no se podía hacer nada por él. La noticia de la muerte del líder los dejó hundidos. Samael, después de la sorpresa inicial, decidió tomar el control de la situación.

—Deberíamos deshacernos del coche —le dijo a Tivadar y a Job—. Si lo encuentran aquí nos detendrán.

—¿Qué quieres que hagamos con él? —preguntó Tivadar.

—Lo mejor es quemarlo. Así eliminamos pruebas, incluido el ADN —respondió Samael.

—¿Qué hacemos con el cuerpo de Ares? —preguntó Naná, una de las veteranas con más peso en el grupo.

—Lo metemos en la casa y ya lo enterraremos en un lugar seguro —propuso Samael.

—Conozco un descampado en las afueras donde se suelen encontrar coches quemados. Al llegar allí quitamos las matrículas y le prendemos fuego con gasolina. Acabará explotando y no podrán ni reconocerlo —dijo Tivadar.

—Estoy de acuerdo —respondió Samael.

Esa misma tarde enterraron a Ares. Decidieron que el mejor lugar para hacerlo era en el campo, al lado de la casa abandonada de Sils donde practicaban tiro. Allí estaría seguro y podrían visitar su tumba cuando quisieran. Tenían un par de coches, pero no había suficientes para todos. Tuvieron que alquilar dos furgonetas. Cuando llegaron al sitio, cogieron entre cuatro el cuerpo de su líder envuelto en una manta manchada de sangre. Decidieron enterrarlo al lado de un árbol, cerca de la casa. No tenían ni una lápida ni nada parecido. A alguien se le ocurrió poner, en el lugar donde estaba enterrado, una baldosa que habían encontrado en la casa. Escribieron su nombre sobre ella. No pusieron ni la fecha de nacimiento ni la de muerte. La primera ni la conocían con exactitud, ya que Ares nunca celebraba sus cumpleaños. Y la segunda lo hubiera vinculado al atraco, algo que preferían evitar. Nadie se atrevió a decir nada sobre el difunto, estaban demasiado tristes para ello. Aguardaron un instante en silencio al lado de la tumba antes de volver a casa. Todos sabían que ya nada volvería a ser igual.

Después de aquello se sentían huérfanos, tristes. Había desaparecido su guía, la persona que siempre tomaba las decisiones que afectaban al grupo. Solo había dos caminos posibles: disolverse o reemplazar al líder. Samael sintió que había llegado el momento de dar un paso al frente. Creía que él era el único capacitado para sustituirle. Había aprendido mucho de Ares y se sentía con la fuerza necesaria para asumir esa tarea. El pobre alcohólico que llegó a esa casa hacía tiempo ya no existía. Ahora era un hombre con una misión por la que debía luchar.

El viernes siguiente se convocó una asamblea para hablar del futuro. El nerviosismo se palpaba en el ambiente. Antes de que nadie empezara a hablar, Samael tomó la palabra: «Sé que estáis apenados por la muerte de Ares. Sé que muchos llevabais años siguiendo sus pasos. Aunque lo conozco desde hace menos tiempo, para mí era también como un hermano, como un padre que siempre buscaba nuestro bien. Para recordar su muerte, y antes de hablar del futuro, si nadie tiene inconveniente, me gustaría que nos pusiéramos en pie y guardáramos un minuto de silencio».

Todos se levantaron y esperaron sin hablar unos instantes que les parecieron eternos. Lo único que rompía aquella quietud eran algunos sollozos aislados. Cuando acabó, aplaudieron de forma espontánea.

—Ahora lo que hay que hacer es elegir un nuevo líder. Propongo a Job —dijo Tivadar.

—Yo también quiero presentarme —afirmó Samael ante la sorpresa de algunos de los que estaban allí—. Me gustaría continuar el legado de Ares, su lucha. Si me elegís, os prometo que nos mantendremos unidos.

—¿Hay algún candidato más? —preguntó Naná.

Nadie dijo nada.

—Si a todos os parece bien, lo mejor es votar —propuso ella.

Fue a buscar unas pequeñas hojas en blanco de una libreta y repartió bolígrafos. Escribieron el nombre de su candidato en un papel y se lo entregaron doblado. Naná contó los votos ante la expectación general.

Samael había ganado por trece a once. Al ver el resultado, Job estalló de rabia.

—¡No pienso aceptar esta votación! No permitiré que un novato nos lidere. Llevo más de diez años con Ares y ahora llega un borracho y nos quita lo que es nuestro. Me he jugado la vida por vosotros atracando bancos para que pudiéramos vivir, y ahora me lo pagáis así.

—Debes aceptar el resultado —comentó Naná—. Es la voluntad de la mayoría.

—No voy a hacerlo. Nosotros nunca antes habíamos votado nada.

—Ares querría que aceptaras este resultado —afirmó Samael.

—¡No te atrevas a hablar en su nombre! —le replicó Tivadar.

—Entonces lo mejor que podéis hacer es marcharos —les dijo Naná a Job y a Tivadar.

—Tienes razón, pero no pienso irme solo —contestó Job—. Que vengan conmigo los que quieran. Ocuparemos una casa y empezaremos otra historia por nuestra cuenta.

Unas nueve personas se levantaron. Casi todos eran de los más veteranos.

—Coged vuestras cosas y vámonos —les ordenó Tivadar.

Se marcharon en menos de una hora. La sensación que flotaba en el ambiente era de derrota. La muerte del líder había provocado la fractura del grupo. Los que llevaban más tiempo se resistían a seguir a un recién llegado.

A pesar de su victoria, sentía que había fracasado. Ganar no consistía solamente en ser elegido líder, sino en lograr mantenerlos unidos, como había hecho Ares durante años. Era el nuevo jefe del MLA; sin embargo, su capacidad para serlo estaba en entredicho. Decidió que debía hacer algo para lograr que los que se habían ido volvieran. Llamó a Naná a su cuarto.

—¿Tú por qué te has quedado? Eres de las antiguas —le preguntó Samael.

—Realmente Job y Tivadar no eran muy queridos. Hacían el trabajo sucio con Ares, pero muchos les teníamos miedo. Son muy violentos. Tú le has caído mejor a la gente. Aunque los que se han marchado es porque no quieren que el último que ha llegado sea el nuevo líder.

—Necesito que me hagas un favor. Quiero que le digas a Tivadar y a Job que deseo encontrarme a solas con ellos, para hablar de cómo solucionar las cosas. Si están de acuerdo, nos podemos ver en la nave industrial abandonada que hay en el polígono de Mas Blau, mañana a las ocho de la tarde. ¿Podrás hacerlo?

—Sí.

—De acuerdo —dijo Samael dando su aprobación.

A las siete y cuarto del día siguiente, estaba terminando de prepararse para ir al encuentro de Job y Tivadar. Miró por enésima vez si la pistola de Ares que había encontrado en su habitación estaba cargada. Quería ir bien preparado a aquella cita. Sabía que los que lo esperaban eran capaces de cualquier cosa. Lo que ellos ignoraban es que la determinación de Samael era todavía más fuerte que la suya.

Cuando llegó, a las ocho en punto, no había nadie en la nave industrial. Un cuarto de hora después de la hora convenida, aparecieron Job y Tivadar.

—Hola —les dijo Samael.

—¿Qué quieres? —le preguntó Job en el tono agresivo que era habitual en él.

—Solo hablar. Quiero pediros que volváis con los demás a casa.

—¿Aceptarías que Job fuera el nuevo líder? —preguntó Tivadar.

—No puedo hacerlo. La mayoría me escogió a mí y eso hay que respetarlo —contestó Samael.

—Entonces no hay nada más que hablar. No voy a permitir que un mierda como tú me diga lo que tengo que hacer —dijo Job.

—Ya veo que no me dejáis otra opción —contestó Samael sacando su pistola cargada del bolsillo.

Antes de que pudieran reaccionar, le pegó un tiro en el pecho a Tivadar, que cayó al instante. Después le disparó en la cabeza a Job. Todo fue muy rápido. Cuando estaban en el suelo, Samael volvió a dispararles dos veces más a cada uno para asegurarse de que no salieran vivos de allí.

Ellos eran el obstáculo principal para volver a unir al MLA. Y no iba a permitir que nada ni nadie les separara, aunque algunos tuvieran que dejar su vida en el empeño. Ese era un precio que estaba dispuesto a pagar. No sentía el menor arrepentimiento por lo que había hecho. El colectivo era para él más importante que cada una de sus partes.

En casa le pidió a Naná que fuera a hablar con los que se habían ido. Debía decirles que ya podían regresar con los demás.

—¿Y qué pasa con Job y Tivadar? —preguntó ella.

—Han decidido marcharse para siempre. Ya no nos molestarán más.

—¿Marcharse? —preguntó ella.

—Sí, irse lejos de aquí —insistió Samael.

—Está bien.

—No vuelvas hasta que logres convencerlos de que regresen —le advirtió Samael.

Tardó dos días en volver. La mayoría quiso esperar a Job y a Tivadar. Al ver que no aparecían, casi todos decidieron regresar.

El viernes por la noche quiso hablar al grupo, como solía hacer Ares. Algunos dudaban de la capacidad de Samael para guiarles. Pocos confiaban en que estaría a la altura. Había mucha expectación por oírle.

«Iniciamos juntos una nueva etapa, un liderazgo que espero que nos conduzca a la victoria. Como ya sabéis, se está librando una guerra. No es una batalla como las que la humanidad ha conocido siempre. Es una lucha oculta y silenciosa donde uno de los adversarios dispone de todos los medios: de la prensa, de la policía, del ejército y de múltiples mecanismos de adoctrinamiento y represión. Ese enemigo al que nosotros nos enfrentamos es el Estado. El mayor genocida de la historia de la humanidad, el culpable de las guerras, luchas y conflictos que han causado la muerte de millones de seres humanos a lo largo de la historia.

»El Estado es un mecanismo de control. Nos da una tarjeta de identificación con un número que nos marca como ganado. Nos obliga a pagar impuestos. Nos roba el fruto de nuestro trabajo. El Estado se arrodilla ante los poderosos y oprime a los débiles. Hasta ese punto llega su perversión. Contra ese Estado represor apenas se elevan voces, y si lo hacen son ignoradas, calladas, y sus responsables son criminalizados, expulsados a un rincón sucio y oscuro. Pero yo os digo que es mejor vivir al margen de la sociedad, en una casa ocupada, sobreviviendo fuera de la ley, que estar sometido a la dictadura silenciosa del Estado. Es mejor morir de pie que vivir de rodillas. Es mejor ser considerado un marginado que contribuir a un sistema represor e injusto.

»Nos dicen que si queremos cambiar las cosas tenemos que presentarnos a las elecciones, fundar un partido político. Se equivocan completamente. Participar en el sistema es aceptar el sistema. Nosotros no queremos cambiar el sistema desde dentro porque sabemos que eso es imposible. Nosotros queremos destruir el sistema. Nuestro objetivo es acabar con el Estado. De las cenizas humeantes de este mundo corrupto nacerá una nueva sociedad que será más justa, más humana. Ese es mi sueño y lucharé con todas mis fuerzas por lograrlo.

»El MLA debe ser la semilla de la que nazca un nuevo orden. Nosotros, desde el primero hasta el último, somos guerreros en esta lucha desigual. Hasta ahora nos hemos dedicado a sobrevivir. Ha llegado el momento de ir más allá, de ser más atrevidos y valientes en nuestra misión. Lo que vendrá a partir de hoy será escrito en el futuro con letras de oro. Este día se recordará como el momento en el que un pequeño grupo de hombres y mujeres decidió luchar para cambiar las cosas. Gracias».

Al terminar aplaudieron como era costumbre. Ya nadie dudaba de que habían encontrado al guía que necesitaban, la persona que debía señalar el camino a seguir. Después del discurso cenaron todos juntos. Ahora él ocupaba el lugar que durante tanto tiempo tuvo Ares. Samael pensaba que había sido un buen líder, pero que le faltaba ambición, que no se atrevió a llegar lo bastante lejos. Él estaba dispuesto a hacer lo necesario para lograr sus objetivos y creía que de su determinación saldría la fuerza que debía llevarles al triunfo.

5

A pesar de los aplausos después de su discurso, Samael sabía que su liderazgo era débil. Pensaba que necesitaba algo que reforzara su posición, una acción valiente, espectacular, que demostrara su valía delante de sus compañeros. No buscaba simplemente sobrevivir como había hecho Ares. Él quería que el MLA fuera mucho más, una organización temida y admirada. Deseaba encabezar una revolución que cambiara la sociedad.

Comenzó a escribir un manifiesto. Todo movimiento necesita un escrito de referencia. Pretendía que fuera la síntesis de sus ideas, el referente ideológico de los miembros del grupo. No le costó mucho redactarlo. En una semana de trabajo estaba listo. Decidió llamarlo *Manifiesto contra el sistema*. No se hubiera podido llamar de ninguna otra forma.

Sin embargo, lo más complicado no era escribirlo,

sino conseguir que la gente lo conociera. Lo difícil es superar el muro de silencio que cae sobre los que quieren enfrentarse al Estado. Nadie iba a publicar ese texto voluntariamente. Lo máximo a lo que podían aspirar era a colgarlo en Internet. Y allí no le harían caso, quedaría como la locura de un visionario. Samael deseaba llegar a la televisión, a los informativos de máxima audiencia, aunque tuviera que obligarles a hacerlo.

Durante días le dio vueltas a esta idea hasta que escuchó una conversación entre K (ese era su nombre) y una de las chicas. Le contó que lo habían echado del trabajo en una tienda de ropa por llevar el pelo largo. Comentó que el dueño era un marqués forrado de pasta hasta las cejas.

Pol Teixidor nunca había dormido mucho y esa tendencia se acentuó con los años. Por las noches se dedicaba a leer en la cama con la única ayuda de una pequeña lamparilla. Ese era un placer que había descubierto a una edad avanzada y del que sus obligaciones lo privaron en su juventud. Su mujer dormía a su lado con un antifaz para que no le molestara la luz. Tenía el sueño pesado y no le importaba que su marido leyera en la cama.

Pol estaba leyendo cuando escuchó un crujido de madera. Al principio no le prestó atención porque pensó que debía ser algún vecino. Cuando el ruido se hizo más fuerte, se dio cuenta de que provenía de su casa. Dejó el libro sobre la mesilla de noche y se levantó a ver qué pasaba. Antes de salir de su cuarto en pijama, cogió un bate de béisbol que guardaba en el armario por si acaso. Despertó a su mujer y le dijo que iba a mirar un ruido en el salón. Ella seguía medio dormida y no le prestó demasiada atención.

Al entrar, se dio cuenta de que había alguien. Encendió la luz. Se encontró con tres hombres que escondían su cara con unos pasamontañas. Pensó que habían entrado a robar. En cuanto los vio no dudó ni un momento en plantarles cara con su bate. Los cogió por sorpresa. Le dio un golpe en la cabeza a uno de ellos, que cayó fulminado. Los otros dos se le tiraron encima y lo cogieron por los brazos. Pol se resistió todo lo que pudo, pero consiguieron quitarle el bate. Se agarró a uno de ellos intentando tirarlo al suelo. La lucha acabó cuando el otro gritó «¡basta!». Estaba apuntando con una pistola a su esposa, que se había levantado al oír los ruidos.

—Si no te estás quieto le pego un tiro a tu mujer —sentenció con voz firme mientras pegaba la punta del cañón del arma a su cabeza.

—No le hagas nada —dijo Pol asustado.

—Más te vale, hijo de puta, casi matas a mi amigo —contestó K mientras ayudaba a su compañero a levantarse.

Le sangraba la cabeza por culpa del golpe. Se taponó la herida con un pañuelo. Estaba furioso. Le dio una patada en las piernas a Pol y lo tiró al suelo.

—¡Estate quieto! —gritó Samael, que era quien llevaba la pistola—. Lo queremos vivo. Tú, ayuda al viejo a levantarse —le ordenó a K.

—No hagan daño a mi marido —suplicó Reme entre sollozos.

—O se callan, señora, o los dos van a morir. Bien, señor marqués, ya sabemos que le gusta que lo llamen así, queremos el dinero y los objetos de valor que tiene en casa. Y mucho cuidado con ocultar algo, porque si lo hace me cargo a su mujer. ¿Lo ha entendido? —dijo Samael.

—Sí. Vamos a nuestro dormitorio —respondió Pol.

Los cuatro lo siguieron a su cuarto. Por un momento le pasó por la cabeza al dueño de la casa una sensación de alivio al pensar que su hijo Carles no estaba en el piso. Les entregó un joyero y su rolex de oro. En la caja fuerte tenía más de treinta mil euros. Era dinero negro de las tiendas. Normalmente esperaba a tener unos cincuenta mil y luego lo enviaba a través de una sociedad instrumental a una cuenta segura en Liechtenstein, para evitar el control de Hacienda. Cuando abrió la caja, los tres asaltantes se sorprendieron al ver tantos billetes.

—Ya os dije que el marqués estaba forrado —comentó K.

—Esto es todo lo que tengo aquí: el dinero, mi reloj y las joyas de mi mujer.

—Está bien —comentó Samael—. Ponedle las esposas al viejo.

Ducasse, que seguía tapándose la herida en la cabeza, sacó de su mochila unas esposas de plástico blanco y se las puso al marqués de Torelló, que no podía ocultar su sorpresa.

—Ya tenéis lo que queríais. ¿Por qué hacéis esto? —preguntó Pol.

—No hemos terminado contigo. Ni siquiera hemos empezado —respondió Samael—. Luego esposáis a la mujer y le tapáis la boca con cinta aislante.

—¡Dejadla en paz! —gritó Pol.

—Calla o la mato aquí mismo. Tú vendrás con nosotros sin armar follón. Si gritas o te resistes, volveremos a subir y la mataremos. ¿Lo has entendido? —dijo Samael.

—Sí —contestó Pol.

—Si te portas bien, nadie tiene por qué salir herido. No queremos hacerte daño —respondió K.

Después de dejar a su mujer atada y amordazada sobre la cama, los cuatro hombres bajaron por las escaleras. Al salir, Pol vio que habían forzado la puerta de madera con una palanca. Eso es lo que había oído cuando estaba en la cama. Lamentó no haber puesto una puerta blindada y una alarma. Si lo hubiera hecho, no se encontraría en la situación en la que ahora estaba.

Antes de meterlo en el coche, le taparon la cabeza con una bolsa. En poco más de veinte minutos fueron de Sarrià hasta la casa de Sant Cosme. A esa hora había poco tráfico. Encerraron al marqués en el hoyo. Allí le quitaron las esposas y la capucha. Se tumbó en la cama e intentó dormir sin conseguirlo.

Pol tuvo una infancia muy dura. Poco después de cumplir nueve años, su familia se marchó de Castellar del Riu, un pueblecito cerca de Berga, a Barcelona. Su padre encontró un empleo en una industria textil en Gracia. Se mataba trabajando llevando un jornal de miseria a casa. Malvivían en un piso insalubre en el Barrio Gótico. Pero sus juegos inocentes en la plaza del Pi pronto se acabaron. Cinco años después de llegar a la capital de Cataluña, su padre murió de cáncer de pulmón. Su madre se quedó sola con tres criaturas: dos niñas y un niño. Pol era el mayor. Tuvo que dejar la escuela y buscar un trabajo para ayudar a su familia. Como su madre se partía la espalda fregando escaleras y ganando un sueldo con el que no podían vivir, entró a trabajar en una tienda de ropa, como aprendiz, cobrando casi nada.

Cuando cumplió veinte años le propuso a su jefe, el señor Andreu, montar otra tienda en El Prat. Había encontrado un local vacío en el centro de la ciudad que se alquilaba a un precio razonable. Su jefe pondría el dinero para empezar el negocio y él lo llevaría. Una vez devuelto el capital inicial, se repartirían los beneficios a partes iguales. No le costó convencerle de que se metiera en esa aventura.

Los inicios fueron difíciles. Trabajaba dieciocho horas al día. Muchas veces se quedaba a dormir en la tienda, encima de un colchón que guardaba en el almacén. Siempre estaba informado de la última moda, de lo que gustaba a la gente. Se dedicaba a pasear por las otras tiendas del barrio viendo qué era lo que se vendía. Luego lo pedía y lo ponía a la venta más barato. Quería hundir a sus rivales para quedarse con el mercado local. No le importaba vender casi a precio de coste, quedarse sin beneficios, estar dos días sin comer. Él sabía que quien resistiera ganaría. Poco a poco obligó a las otras tiendas a cerrar. En un año se había hecho con una buena clientela. Lo que vendía era barato, muy barato, pero de una calidad aceptable.

Pronto devolvió el dinero de la inversión inicial a su jefe y comenzó a ganar más de lo que nunca había ganado. Una parte se la daba a su madre y el resto lo guardaba. No gastaba en casi nada. Todo lo ahorraba. No le importaba no salir nunca o no hacer vida social. Ni pensaba en casarse. Lo que deseaba más que cualquier otra cosa era ser alguien en la vida. No quería que sus hijos pasaran la miseria que él había pasado. Ya tendría tiempo de tener su familia. Lo primero eran los negocios.

Con veinticinco años decidió ser su único jefe. Llegó a un acuerdo con el señor Andreu que fue beneficioso para ambos. Pol le compró su parte del negocio por una generosa cantidad. Dos años después abrió su segunda tienda. Y más adelante una tercera, una cuarta y una quinta. En la década de los ochenta fue cuando su negocio creció cada vez más. Llegó a abrir una tienda cada año. En el ochenta y seis incluso dos. Una de las mayores satisfacciones de su vida fue comprarle un piso a cada una de sus hermanas. Su madre no lo necesitaba: vivió con él hasta el día de su muerte.

A los cuarenta años pensó que había llegado el momento de casarse. Ya tenía una buena posición, su carné de socio en el palco del Camp Nou, su abono anual en el Liceu, y acababa de comprarse un piso de lujo en el barrio de Sarrià. Lo único que necesitaba era una mujer que llenara su vida y le diera hijos. En eso tampoco convenía precipitarse. Quería que su matrimonio lo ayudara a escalar socialmente, que significara su entrada en la alta sociedad barcelonesa. No iba a casarse con una cualquiera.

Cuando le presentaron en una cena a la hija del marqués de Torelló, la señorita María de los Remedios, Reme para sus íntimos, supo que ella era lo que estaba buscando. Su familia estaba completamente arruinada por culpa de la mala cabeza de su padre, asiduo de casinos y de prostíbulos de lujo. Era hija única. No demasiado agraciada a pesar de sus veintidós años. Nadie de buena familia querría casarse con ella. Pero para Pol suponía la culminación de su ascenso social.

Fueron novios durante tres meses antes de que él le propusiera matrimonio. Reme aceptó sin dudarlo. Pol ponía el dinero y ella el prestigio de la nobleza. Cuando murió su suegro, se convirtió en marqués de Torelló. Él, hijo de un pobre empleado textil y de una señora que limpiaba escaleras, era un noble. Eso era más de lo que hubiera podido soñar. Desde aquel momento hizo que todo el mundo, incluido el servicio, lo llamara señor marqués, e incluso cambió su firma para que en ella figurara su nuevo título. Se hizo, además, unas tarjetas de visita con el escudo del marquesado.

Al principio, el matrimonio tenía una relación un tanto fría. Con el paso de los años y la llegada de los hijos, el afecto que surge de la convivencia se fue convirtiendo en amor. Descubrieron que tenían muchas cosas en común. No es que compartieran aficiones e intereses, sino que tenían unos valores y una forma parecida de entender la vida. Reme era una mujer práctica, ahorrativa, que había sufrido mucho por culpa de su padre, un hombre ruin y egoísta que únicamente se preocupaba de su propio placer, un noble decadente que nunca tuvo que luchar por nada en la vida. Pol, en cambio, representaba el prototipo de persona humilde hecha a sí misma con mucho trabajo y tesón. Ella admiraba la voluntad de su marido y su deseo de triunfar en la vida.

Su felicidad se vio colmada con dos hijos, un niño y una niña. A la niña la llamaron Mercè, igual que la madre de Pol. Al niño, el pequeño de la casa, le pusieron Carles de nombre. Los dos eran la cara y la cruz. El chico era responsable, callado y trabajador. No molestaba a nadie y sus notas demostraban que era aplicado, aunque no excesivamente brillante. Mercè, en cambio, era un completo desastre. No estudiaba y siempre se metía en líos. Cuando cumplió quince años su padre creyó que lo mejor era mandarla a un colegio interna en Suiza. Les costaba un dineral, pero podían pagarlo. En menos de tres meses la habían expulsado por un asunto de drogas. Ese fue el inicio de su descenso al infierno.

La hija de Pol ya era adicta a la cocaína y a la heroína con dieciséis años. La llevaron a varios centros privados de desintoxicación para intentar que se curara de sus adicciones. Visitaron médicos, psicólogos y psiquiatras, incluso videntes famosos. Todo fue en balde. Su padre pensó en tirar la toalla y en echarla de casa. La madre no lo permitió. Tuvieron que vivir durante años como prisioneros en su propio hogar, escondiendo el dinero para que ella no lo robara. Una vez, con la ayuda de un amigo yonqui, les llegó a desvalijar el piso. Se llevaron hasta el televisor. Su hija sabía que nunca la denunciarían a la policía.

Cuando murió de sobredosis con veintitrés años, casi fue un alivio. Reme tardó más de dos años en superar la muerte de su hija. A Pol lo dejó algo tocado, aunque optó por refugiarse en el trabajo, que era lo que más satisfacción le daba en la vida.

Dedicaron tantas energías a Mercè que casi se habían olvidado de Carles, su otro hijo. Él, mientras tanto, se sacó una doble licenciatura en Derecho y Económicas, y se marchó a EE. UU. a hacer un máster en Administración y Dirección de Empresas en la Universidad Cornell, en Nueva York, una de las mejores del mundo. Estaban muy orgullosos de él, aunque no le habían prestado la atención que hubiera merecido.

Pensar en su familia provocó en Pol una profunda tristeza y no pudo reprimir las lágrimas. Se imaginó a su mujer sola, tendida en su cama con la boca tapada y las manos atadas. No la encontrarían hasta las nueve de la mañana. A esa hora llegaba la señora que se encargaba de la casa. Se pasaría la noche allí tirada, como un perro. Con todo lo que había sufrido por culpa de Mercè y ahora esto, un secuestro. Nunca hubieran creído que les iba a pasar algo así.

Se consoló pensando en que Carles volvería enseguida y podría estar con Reme. Sola se moriría. Sentía un odio intenso y profundo hacia los que lo habían encerrado allí. «¿Por qué me han hecho esto? Nunca me he metido con nadie. Solo me he dedicado a trabajar como un esclavo», pensó Pol. Así, consumido por la impotencia y la rabia, pasó toda la noche sin dormir.

A la mañana siguiente, entraron un par de hombres con la cara tapada. Le esposaron una mano a la cama. El líder del grupo, que llevaba puesto un pasamontañas, le traía el desayuno. Se sentó delante de Pol en una silla que trajo él mismo, aunque el prisionero no parecía dispuesto a comer nada.

—Deberías desayunar —le aconsejó Samael—. Puede que estés aquí bastante tiempo.

—Tú, el jefe, ¿cómo te llamas? —preguntó Pol.

—Todos me llaman Samael.

— Escuchadme bien, tengo dinero. Mi hijo volverá enseguida del extranjero y os podrá dar lo que pidáis. Nadie tiene por qué sufrir daño —dijo Pol.

—No queremos tu dinero —respondió el otro—. Ya cogimos bastante de tu casa.

—Entonces… ¿por qué estoy aquí?

—Esto no es un secuestro por dinero, es una detención política.

—Si no queréis dinero, devolverme el que cogisteis de mi casa —replicó Pol.

—¡Estás loco, viejo! —contestó K, que observaba de pie la conversación.

—No pediremos dinero a tu familia —aclaró Samael—. Vamos a pedir que lean un manifiesto en la televisión en horario de máxima audiencia.

—¿Un manifiesto? Estáis como una cabra.

—Mida sus palabras, señor marqués. Si quisiera podría matarle ahora mismo y nadie encontraría nunca su cuerpo. Su mujer no tendría ni un sitio donde llevar un ramo de flores.

—¿Y qué dirá ese manifiesto? —preguntó Pol.

—Hablará de cómo personas sin escrúpulos iguales a usted se lucran con el sufrimiento y el trabajo de los demás. Denunciará a la oligarquía podrida que gobierna, engaña y esclaviza a nuestra sociedad —respondió Samael.

—Os habéis equivocado conmigo. No soy ningún oligarca. Mi padre era empleado textil y mi madre limpiaba escaleras. Nadie me ha regalado nada de lo que tengo.

—Si eso es cierto no cambia nada —respondió fríamente Samael—. No importa lo que ha sido, sino lo que es hoy. Y ahora es un parásito del sistema.

Pol comprendió que no tenía sentido continuar aquella conversación. Por mucho que lo intentara, sabía que no iban a cambiar sus ideas.

—¿Y qué pasará si no quieren leer ese manifiesto en la tele? —preguntó Pol.

—Entonces lo mataremos —contestó Samael mientras se levantaba.

Los tres hombres salieron y dejaron solo al prisionero, que no encontró palabras para decir algo. El silencio se adueñó de nuevo de la habitación.

6

Samael sabía lo que tenía que hacer. Por la mañana la familia ya habría avisado a la policía. Necesitaba contactar con ellos para que conocieran sus reivindicaciones. Pero había que hacerlo de forma inteligente, sin exponerse a ser descubiertos. Por eso Samael ordenó a K que comprara tarjetas de móvil en los locutorios del Raval, porque allí nunca pedían el DNI como hacían en la mayoría de las tiendas. Le dijo que solo comprara donde no le pidieran identificarse, y mejor en lugares diferentes. Usarían cada tarjeta únicamente una vez y no llamarían nunca desde la casa, sino desde otros barrios. Así pretendía mantener el grupo a salvo.

Otro tema era el de la voz. La policía podía grabarla y usarla para identificarle. «¿Cómo podría solucionar esto?», pensó Samael. Comentó el problema con varios compañeros de la casa. Uno de ellos, al que llamaban

Cíber, era informático y le aconsejó grabar el mensaje y distorsionar la voz con un programa que tenía en su ordenador. Así lo hicieron. Cuando lo estaban grabando, Cíber bromeó diciendo que podían poner una voz de pitufo o de Darth Vader, el malo de *La guerra de las galaxias*. El líder le dijo que se dejara de tonterías. Aquello era demasiado serio.

Samael cogió el metro en Bellvitge y se bajó en la estación de Urgell, cerca del centro de Barcelona. No quiso que nadie lo acompañara. Allí se sentía seguro. Buscó un sitio tranquilo y llamó a casa del marqués. Él les había dado el número. Sonó cuatro veces antes de que su mujer lo cogiera. «¿Quién es?», preguntó con voz temblorosa. Aún debía durarle el susto de la noche anterior. Samael no contestó y puso la grabadora en el auricular del móvil con el siguiente mensaje: «Tenemos al marqués de Torelló. Si colaboran nadie tiene por qué salir herido. No queremos dinero. Hoy enviaremos al *e-mail* de los principales canales un manifiesto. Si lo leen en televisión en un informativo nacional, en horario de máxima audiencia en las próximas cuarenta y ocho horas, lo dejaremos libre. Si no lo hacen, entonces morirá». Samael cortó la comunicación después del fin de la grabación. Quitó la tarjeta del móvil y la tiró dentro de una papelera después de romperla. Se metió en el metro y se bajó en Plaza Cataluña. Todavía tenía algo que hacer.

Conocía una tienda de disfraces en el centro. Se puso una gorra y unas gafas de sol para evitar que el dependiente lo pudiera identificar. Cada día iba mucha gente a ese sitio, pero toda precaución era poca. Compró una peluca y una barba. Se metió en el baño de un restaurante de comida rápida y se puso su disfraz. Después entró en un cibercafé. Sabía que la policía encontraría el ordenador desde donde iba a enviar los correos. Por eso debía evitar que lo reconocieran. Además, podía haber cámaras de seguridad en el local. Buscó la dirección de correo electrónico de las más importantes cadenas de televisión. Sacó una memoria USB y envió el correo con el manifiesto desde una cuenta que acababa de abrir con un nombre falso. Salió inmediatamente del local después de hacerlo.

Le preocupaban las cámaras. Podían estar en cualquier lugar. Decidió no meterse en el metro y coger un autobús. Le parecía más seguro. Entró en el primero que pasó y acabó cerca de la parada de Plaça del Centre. Allí guardó el disfraz en una mochila y se marchó con los demás. Ahora solo había que esperar.

Nada más entrar en la casa de Sant Cosme, notó el nerviosismo en el ambiente.

—¿Han dicho algo en las noticias sobre el marqués? —le preguntó a Menta nada más llegar.

—No. Silencio total —respondió ella.

—Avísame cuando lo veas. Estaré en mi cuarto.

Temía haberse equivocado en algo y que fracasaran. Lo que tenía claro es que estaba dispuesto a hacer cualquier cosa para conseguir sus objetivos.

No obstante, las horas pasaban y la televisión seguía con la misma estúpida programación ajena a lo que sucedía. Ni una noticia. Nada de nada.

Por la noche Samael fue a ver al marqués. Quería hablar con él. Antes de entrar se puso el mismo pasamontañas que llevaba el día que entraron en su casa. Le acompañaron un par de hombres que esposaron al rehén a la cama y que luego salieron, dejando solos al secuestrador y al secuestrado.

—Ya me han dicho que ahora sí quiere probar la comida. Eso está bien —le dijo Samael.

—No voy a daros el gusto de morirme de hambre. Ya que me tenéis aquí retenido, lo mínimo que podéis hacer es darme de comer. Muerto no valgo nada —contestó el marqués—. Por cierto, las esposas me hacen daño. ¿No podrías quitármelas? ¿No tendrás miedo de un pobre viejo?

—Después de ver el golpe que le dio con el bate de béisbol a mi amigo en la cabeza, creo que no voy a arriesgarme. Nunca hay que subestimar al enemigo.

Los dos se callaron sin saber qué decir.

—¿Tiene usted hijos? —preguntó Samael.

—¿También quieres secuestrarlos a ellos?

—No, solo era una pregunta.

—Tengo dos hijos, pero mi hija murió —contestó Pol.

—¿De qué?

—Por culpa de las drogas.

—Aunque no me crea, lo siento mucho —le dijo Samael en tono conciliador.

—No te disculpes. Seguro que las drogas que la mataron las vendía gente como tú —le recriminó Pol.

—Ya veo que es un hombre valiente o un loco temerario. Yo no acusaría tan alegremente a alguien que puede quitarle la vida en cualquier momento. Para su información, le diré que nosotros no vendemos drogas. Las odiamos. Aquí están prohibidas. Son un instrumento que el sistema usa para controlarnos, para anular a los que se les oponen.

—No vendéis drogas, pero sí secuestráis gente.

—Como ya le expliqué, este secuestro es un acto político, de lucha revolucionaria —respondió Samael—. No somos delincuentes, somos activistas que buscamos construir un mundo mejor.

—¿Crees que eso se puede hacer secuestrando a la gente? A mí no me lo parece —le replicó el marqués, que no acostumbraba a ocultar lo que pensaba.

—Cuando lo que pretendes lograr es tan importante,

el fin justifica los medios —replicó Samael.

Pol tuvo la sensación de que estaba ante un muro infranqueable. Comprendió que nada de lo que dijera iba a ser capaz de convencer a aquel hombre fanatizado de que lo liberara. Decidió usar otra estrategia desesperada.

—Escucha, ahora estamos solos los dos. Si me dejas marchar, te daré mucho dinero. No te denunciaré a la policía y te podrás quedar con todo. No necesitas repartirlo con nadie. Podemos ir al banco y sacarlo, y después me dejas marchar y cada uno sigue su camino —propuso Pol a Samael.

—Me parece que voy a declinar su oferta. El problema de gente como usted es que piensan que lo único que importa es el dinero. No todos somos como vosotros.

Samael salió de la habitación.

Los dos días que había dado de plazo para que leyeran su manifiesto transcurrieron lentamente. Pasó la mayor parte del tiempo delante del televisor esperando a que la noticia saliera en cualquier momento. Lo que más le extrañó es que no se hablara nada del secuestro del marqués. Era como si nunca hubiera pasado. «Quizás la familia no lo ha denunciado», pensó mientras le daba vueltas y más vueltas al asunto. Aquello le parecía muy improbable. Lo primero que se hace normalmente en estos casos es llamar a la policía. Cuando se cumplieron las cuarenta y ocho horas, Samael se sintió desolado. Su plan había fracasado. «¿Y ahora qué hago?», se preguntó en la soledad de su cuarto. Pero allí no había nadie capaz de responderle. Llamó a K. Necesitaba hablar con alguien.

—Ya ha pasado el plazo que les puse y no han hecho nada. ¿Es que no les importa que matemos al marqués? —le preguntó Samael a su compañero.

—Yo creo que no nos toman en serio.

—¿Tú crees? —insistió Samael.

—Sí. Piensan que somos unos pringados y que si no nos hacen caso acabaremos soltando al marqués y conformándonos con lo que robamos en su casa.

—Entonces van a tener que aprender a respetarnos —dijo Samael en tono amenazante—. Coge dos o tres hombres y ata al marqués a la cama. Luego iré yo.

—¿Qué vas a hacer? —preguntó K intrigado.

—Ahora lo verás.

K bajó y cumplió la orden. Mientras tanto, Samael fue a la cocina y se puso unos guantes de goma. Después metió un cuchillo en el fuego hasta que estuvo al rojo vivo. Cuando entró en el cuarto, el marqués estaba en la cama. El líder del MLA ordenó que le taparan la boca y le pusieran la capucha. Lo que iba a hacer le dolería mucho. Mientras tres hombres sujetaban al marqués, Samael le cortó el dedo índice de la mano derecha. Pol chillaba como un loco y lo único que impedía que sus gritos desgarradores retumbaran en las paredes acolchadas era la cinta aislante que le tapaba la boca.

El marqués se desmayó. Un hedor a carne quemada y a sudor impregnaba toda la habitación. K y los otros dos que lo acompañaban estaban impactados. Nunca habían hecho nada así. En ese momento comprendieron hasta dónde su líder estaba dispuesto a llegar.

Después de lograr su propósito, Samael envolvió el dedo en un pañuelo de papel limpio. No quería dejar rastros de ADN. Si iban a enviarlo como prueba de su determinación, no deseaba que les delatara. Había que tener mucho cuidado con esos detalles. Subió al cuarto de Cíber y le dijo que redactara una nota: «El dedo es una prueba de que vamos en serio. Si no leen el manifiesto en la televisión antes de veinticuatro horas, mataremos al marqués». Al terminar le dio cien euros a su compañero.

—¿Por qué me das este dinero? —preguntó él intrigado.

—Es para que te compres una impresora nueva —le dijo Samael.

—¿Por qué me voy a comprar otra si esta funciona bien?

—Porque es una prueba. La policía puede saber que esta nota ha salido de esa impresora en concreto.

—¿Sí? Hay miles como esta —replicó Cíber.

—Es verdad, pero si entran aquí y se la llevan, pueden usarla contra nosotros. Lo mejor es deshacerse de ella y no correr riesgos.

—De acuerdo.

A Samael le obsesionaba ese tipo de cosas. No quería cometer ningún error estúpido que pudiera enviarlos a la cárcel. Cuando Cíber metió las hojas en la impresora, le dijo que no las tocara porque podía dejar huellas. Por eso las colocó él con sus guantes. No le interesaba hablar con la policía o con la familia del marqués. En ese diálogo tenía las de perder porque podían localizar la llamada en cualquier momento.

Sabía que se puede encontrar un pelo de una pestaña en cualquier sitio. ¿Y cómo vas a negar tu vinculación con un sobre con un trozo de dedo dentro cuando tu ADN está en él? Había un detalle que le preocupaba: era el de la altura, que pudieran identificarle por lo que medía. Si iba a una oficina de correos y había cámaras, aunque estuviera disfrazado con su peluca y su barba, podían saber exactamente cuánto medía analizando las imágenes. Pensó también sobre el lugar desde donde iba a enviar la carta. Era más probable que hubiera cámaras en la sede central de Correos de Barcelona, en la Plaza de Antonio López, que en cualquier oficina pequeña.

Cogió el metro disfrazado y se fue a Plaza Cataluña.

Allí compró unos pantalones de campana que le iban grandes y unos zapatos con una suela de diez centímetros que los bajos del pantalón se encargaban de tapar. Tenía una pinta muy extraña con el pelo largo, la barba postiza y aquellos pantalones.

Pidió en una librería un sobre marrón acolchado para que no abultara el dedo. Antes de salir de casa lo había lavado hasta que dejó de echar sangre y lo envolvió en pañuelos de papel. No quería que manchara el sobre y despertara sospechas. Lo metió dentro con la nota.

Otra cosa que le preocupaba era la forma de escribir la dirección. Si lo hacían a mano podían identificar la letra. Por eso le pidió a Cíber que imprimiera en una hoja la dirección de la cadena de televisión a la que lo enviaban y un remite falso. Después la pegaron en el sobre con pegamento de barra. Cogió de nuevo el metro y se bajó en la parada de Diagonal. En la calle Valencia encontró una oficina de correos y lo envió desde allí urgente.

Al llegar a casa se quitó el disfraz y le pidió a Menta que lo tirara a un contenedor, lo más lejos posible de la casa. Ya no le hacía falta. No pensaba enviar más mensajes. O hacían lo que decía o mataría al marqués. Si no leían el manifiesto, volvería a secuestrar a alguien y pediría lo mismo hasta que le hicieran caso. No iba a rendirse tan fácilmente.

La espera se le hizo eterna, igual que la otra vez. Al día siguiente, al mediodía, salió solo a dar una vuelta. Necesitaba relajarse. No quería pasar el día mirando la tele; si decían algo, ya se lo dirían los otros. Comenzó a caminar sin rumbo un buen rato y, sin darse cuenta, acabó enfrente del bar donde había visto a Ares por primera vez. Entró a tomar un café. Estaba el mismo camarero con cresta. Por un momento tuvo la tentación de pedir una cerveza. «Solo una», pensó. Pero desechó la idea. Sabía que seguía siendo un alcohólico y que podía recaer en cualquier momento si bajaba la guardia.

Allí, sentado en la barra del bar, fue cuando escuchó en la televisión cómo la presentadora del informativo del mediodía decía esto: «Hace cuatro días fue secuestrado Pol Teixidor, marqués de Torelló. Para su liberación los secuestradores exigen la lectura, en horario de máxima audiencia, de un manifiesto. La dirección de la cadena se negó en un principio siguiendo las instrucciones de la policía. No obstante, ante el giro que están dando los acontecimientos, y temiendo por la vida del marqués, hemos accedido a esta petición esperando que sirva para salvar a una persona inocente. A continuación, por lo tanto, procederemos a la lectura íntegra y sin censura del *Manifiesto contra el sistema...*».

7

Cuando volvió a casa, todo el mundo estaba entusiasmado. Habían visto la lectura del manifiesto en la televisión y sabían que eso era lo más grande que el MLA había hecho nunca. No obstante, a Samael le invadió, después de la euforia inicial, un sentimiento de preocupación. Ahora muchas miradas se posarían sobre ellos, las de los que simpatizaban con su lucha, y también las de sus enemigos. La policía trataría de eliminarlos. No podían consentir que un grupo de antisociales les dejara en ridículo. El sistema, con su inmenso poder, iba a ponerse a trabajar a pleno rendimiento para aplastarlos como a una mosca molesta.

Samael se encerró por la tarde en su cuarto meditando su siguiente movimiento. Puso la tele un minuto y encontró un canal donde debatían sobre el secuestro del marqués. Un invitado defendía la necesidad de leer el manifiesto en la televisión para salvar la vida de un inocente. El otro decía que no se podía ceder al chantaje de unos terroristas. No le interesaba escuchar aquellos argumentos. Sabía lo que tenía que hacer. Debía liberar al marqués si quería tener a la opinión pública de su lado. Ellos habían cumplido su parte del trato y él tenía que hacer lo mismo. Lo haría por la noche, cuando fuera más seguro.

Aunque no era viernes, cenaron todos juntos. Había que celebrar su victoria. Después de comer, Samael dijo unas palabras: «Este es un gran día para nosotros. Un momento de celebración y de victoria en nuestra lucha. Hemos conseguido doblegar al sistema, superar el muro de silencio que envuelve a los que no quieren seguir los caminos pensados para la mayoría. Una vez os dije que mi sueño era destruir al Estado para crear una sociedad más justa. Ese deseo comienza a cumplirse. Ahora somos pocos, pero mi manifiesto hará que otros se unan a esta lucha. Somos la punta de lanza de lo que va a venir. Hoy nos hemos convertido en un enemigo a batir por el sistema y eso nos obliga a ser más precavidos que nunca. Aquí no estamos seguros. Incluso en un grupo tan unido como el nuestro, siempre puede haber envidias, traidores y cobardes que vendan a los demás. Debemos estar prevenidos ante ellos. Mañana dejamos esta casa para siempre. Nos dividiremos en dos grupos. Uno estará encabezado por Cíber y otro por Naná. Eso nos hará más fuertes. Yo me esconderé en un lugar seguro. Menta será mi enlace con vosotros. Ella os dará mis instrucciones y os llevará conmigo si os necesito. Juntos seguiremos nuestra lucha. Gracias».

Los aplausos, a pesar de la victoria, fueron menos entusiastas que otras veces. Llevaban mucho tiempo en aquella casa para marcharse de un día para otro. No les hacía gracia tener que empezar de cero. Sin embargo, nadie iba a discutir las decisiones del líder, y menos en público.

Cuando terminaron de recoger, Samael llamó a K. Era el momento de deshacerse del marqués, ya no lo necesitaban para nada. K entró en el hoyo con un pasamontañas en la cabeza y le puso las esposas al rehén.

—No la vayas a cagar ahora —le advirtió.

Lo metieron en el maletero del coche.

—¿Vais a matarme? —preguntó Pol antes de que cerraran la puerta.

—No. Vamos a liberarte —contestó Samael.

Él y K salieron del Prat y fueron por la Avenida de la Gran Vía. Después cogieron la Ronda del Litoral.

—Como nos pare ahora la policía y registre el coche, triunfamos —dijo K.

—No llames al mal tiempo —le recriminó Samael—. Ve despacio, sin saltarte ninguna señal, y no corras. No tiene por qué pasar nada. Mucha casualidad sería.

Siguieron por la Autovía del Nordeste y cogieron la salida hacia Sant Joan Despí. Allí se metieron en una calle desierta. Abrieron el maletero y sacaron al marqués. Lo dejaron solo en medio de la noche.

Al día siguiente los dos grupos se dividieron. Naná se marchó al barrio de Gracia y los otros se fueron a L'Hospitalet de Llobregat. Allí uno del grupo de Cíber conocía una casa vacía. Era un incordio tener que montar un nuevo hogar, pero Samael pensaba que así estaban más seguros. El líder decidió alquilar un pequeño piso en el Prat. Tenía dinero gracias al marqués. Solo Menta iría a verle. Su confianza en ella era total. Si alguien les traicionaba, él estaría seguro en su apartamento.

Una semana después de irse a vivir por su cuenta, Samael salió a hacer la compra. Se le ocurrió entrar en un locutorio y conectarse a internet, ya que no tenía línea de teléfono en casa. Puso el nombre de su manifiesto en Google y salieron un montón de entradas. Varias páginas reproducían el texto íntegro leído en televisión. Había foros donde se discutía sobre él y también encontró una página de apoyo a Samael y al MLA. En Facebook tenían un grupo de seguidores con más de veinte mil miembros. Incluso el manifiesto poseía su propia entrada en Wikipedia. No pudo evitar una sonrisa de satisfacción ante todo aquello. Eso era precisamente lo que estaba buscando, encender una mecha que pudiera prender en el corazón de muchos y que les empujara a rebelarse contra el sistema.

Ese mismo día, por la noche, mientras cenaba solo, se percató de un detalle en el que no había pensado: su pistola, que perteneció a Ares, lo ligaba a los asesinatos de Job y Tivadar. Si entraba la policía en su casa y la encontraban allí, le cargarían esos dos muertos en su cuenta. Debía deshacerse de ella inmediatamente. La metió en una bolsa de basura llena y la bajó a un contenedor. Se quitó un peso de encima, pero ahora estaba desarmado. Si querían dar algún golpe más, necesitaban armas. «¿Cómo puedo conseguirlas?», se preguntó. No se podía ir a un supermercado a comprarlas. Con los contactos adecuados, y teniendo suficiente dinero, no debería ser algo tan difícil. Sobre las once apareció Menta por el piso. Solía ir casi cada noche a dormir y lo mantenía informado. Parecía algo preocupada.

—La gente está descontenta —le dijo ella—. Estaban bien en la casa del Prat y no querían irse. Tardamos mucho en arreglarla, en convertirla en nuestro hogar.

—Lo sé, pero es peligroso estar allí. Si estamos juntos y alguien nos denuncia, caeremos todos. Lo que ha pasado con el marqués nos ha puesto en el punto de mira. Hoy he entrado en internet y he visto que somos famosos. Se habla de nosotros en muchos sitios —replicó Samael.

—Ya. También hay gente que dice que lo del marqués ha sido una locura. Que con Ares vivíamos más tranquilos. Que ahora la poli va a ir a por nosotros.

—¿Quién dice eso? —preguntó Samael visiblemente enfadado.

—No soy una chivata —contestó ella—. Lo que deberías hacer es aparecer más por las casas.

—Tienes razón. De momento haremos lo siguiente. Te daré doce mil euros, seis para cada grupo. Se los das a Cíber y a Naná, que compren muebles y cualquier cosa que puedan necesitar. Así estarán más a gusto.

—De acuerdo.

—Tienes que hacerme un favor más. Necesitamos armas. No tengo ninguna y nos harán falta para nuestras próximas acciones. Habla con la gente a ver si saben cómo podemos conseguirlas. Ares, Job y Tivadar tenían pistolas, averigua de dónde las sacaron. Necesitamos ir de compras.

—Vale. A ver qué consigo averiguar. ¿Ya sabes qué vamos a hacer luego? —preguntó Menta.

—Todavía no. Ya se me ocurrirá algo. Después del éxito de lo del marqués, no podemos quedarnos parados.

Menta se quedó esa noche a dormir y se fue a la mañana siguiente. Después de su marcha, Samael salió a desayunar y se metió en un bar a tomar un café y un bocadillo. Cogió un periódico de la barra y comenzó a ojearlo sin prestarle demasiada atención. Sabía que lo que se decía allí era una basura, una absurda manipulación de la realidad que solo beneficiaba a unos pocos.

Un titular llamó su atención: «Sale bajo fianza el exalcalde de Barcelona acusado de corrupción y abusos sexuales». Leyó con interés la noticia. Al parecer el alcalde había acumulado, durante sus años de alcaldía, una fortuna enorme que guardaba a buen recaudo en el extranjero. Una riqueza construida a base de sobornos, chantajes, comisiones por recalificaciones urbanísticas y otras fechorías. Incluso había enviado a los albañiles del ayuntamiento a reformar su casa.

Eso no era todo. Se ve que le gustaban mucho las mujeres y se dedicaba a acosar a las funcionarias del ayuntamiento prometiendo ascensos meteóricos, que casi nunca cumplía, a cambio de favores sexuales. Así fue como se destapó el caso. Una empleada lo denunció por incumplir sus promesas después de ceder a sus deseos. «Este está todavía más podrido que los demás», pensó Samael. Para él esos tipos eran igual de despreciables, aunque el exalcalde superaba la media. Cuando terminó de leer la noticia, pensó que aquel hombre era perfecto para sus planes. Si el MLA lo mataba, se ganaría la simpatía de muchos. Un grupo anarquista que asesina a políticos corruptos sería noticia a escala internacional.

Podía ser un gran golpe.

Menta llegó antes de la hora de cenar, algo más temprano de lo habitual.

—La gente está más contenta con el dinero que les diste —le comentó ella al poco de estar juntos—. Hoy han comprado pintura y hemos estado pintando.

—Me alegro. ¿Has averiguado algo sobre las armas? —preguntó Samael.

—Sí. Naná me dijo que se las compraron al Portugués —respondió ella—. Es un viejo que va mucho a un bar llamado Nagual. ¿Lo conoces?

—No.

—Yo tampoco. Naná me ha explicado cómo ir.

—¿Quieres venir conmigo? —preguntó Samael.

—Sí —contestó Menta.

El bar no estaba lejos de su piso y fueron andando. Cuando entraron pidieron dos refrescos. A él le incomodaban los bares, sobre todo a esa hora. Le entraban unas ganas de beber que le costaba reprimir.

—Estamos buscando al Portugués —le dijo Samael al camarero.

—¿De qué lo conocéis? —preguntó.

—Somos amigos de Ares. Él nos lo recomendó.

—¿Cómo está? Hace tiempo que no lo veo.

—Está muerto —contestó Menta.

—No lo sabía. Esperad aquí. Voy a llamarlo.

Salió de la barra y fue al billar. Le dijo algo al oído al Portugués y él les indicó con la mano que se acercaran. Se sentaron en una mesa en una esquina, lejos de oídos indiscretos.

Era un hombre de unos setenta años, quizás más, moreno y con un bigote negro manchado por la nicotina de los puros que fumaba. Su inconfundible acento delataba su procedencia.

—¿Qué queréis, muchachos? —preguntó él.

—Tres pistolas con silenciador y un rifle con mira telescópica y trípode —respondió Samael.

—Os saldrá por dos mil euros.

—¿Qué le parece si lo dejamos en mil? —preguntó Menta.

—Esto no es un mercado persa, nena. Lo tomáis o lo dejáis. Así de fácil —replicó el Portugués.

—Nos parece bien el precio —respondió Samael.

No quería arriesgarse a romper el trato.

—Venid mañana a esta misma hora y os daré el material.

Al día siguiente, tal como habían acordado, Samael y Menta llevaron el dinero. Esta vez el Portugués no estaba solo. Iba acompañado de un hombre de raza negra, alto y musculoso, con una cara que parecía esculpida en granito y los dientes muy separados. Salieron a la parte de atrás del local, donde había una calle estrecha de un único sentido, a cerrar el trato.

—¿Tenéis la pasta? —preguntó el Portugués.

—Sí, pero queremos ver primero lo que compramos —contestó Samael.

—Está bien.

Abrió el maletero de un coche viejo y sucio aparcado allí. Las armas estaban dentro una maleta de color rojo que parecía comprada en un mercadillo. Había traído las pistolas, los silenciadores y el rifle con sus accesorios.

—Ahora quiero el dinero —dijo el Portugués.

Samael le entregó un sobre mientras cogía la maleta. El otro empezó a contar los billetes.

—Un momento, aquí falta pasta. ¿Os creéis que somos gilipollas?

Después de que el Portugués dijera esto, su amigo sacó una pistola y los encañonó.

—¿¡Qué dices!? ¡Está todo! —replicó Samael.

—Deja las armas en el maletero y meteros en el coche —dijo el amigo del Portugués, que también tenía acento extranjero y no había abierto la boca hasta entonces.

—¡Tranquilos! ¡Volved a contar el dinero! —insistió Samael.

No necesitaban hacerlo. Ya sabían que no faltaba nada.

—No hace falta que os abrochéis el cinturón —comentó burlonamente el Portugués mientras arrancaba el automóvil y su acompañante les apuntaba con una pistola.

Menta y Samael no dijeron nada. Se habían metido en un buen lío. Tendrían suerte si salían vivos de aquella historia.

De repente un coche les dio un fuerte golpe por detrás. El Portugués se paró en seco.

—Ve a ver qué pasa —le ordenó a su amigo—. Ya me encargo yo de vigilar a estos dos.

Sacó un arma y les apuntó con ella mientras el otro salía a hablar con los que les habían dado en el parachoques de atrás.

—¿Qué os pasa, capullos? ¿Es que no sabéis conducir? —le dijo al conductor del coche.

Sin mediar palabra, el otro lo acuchilló en el estómago. Después le quitó la pistola que se había metido en el pantalón antes de salir y encañonó al Portugués mientras otros dos hombres lo sacaban del coche.

—Gracias, K —le dijo Samael—. Lo habéis hecho bien.

Los había enviado a cubrirles por si algo salía mal. Sin esa precaución, ahora estarían camino de la muerte o de algo peor. Metieron al viejo, que no paraba de decir que todo era un malentendido, y al grandullón de color en la parte de atrás de su coche. Samael se sentó en el asiento del conductor. Cogió una pistola y le pegó un tiro en la cabeza al Portugués, que no se callaba. La siguiente bala fue para su amigo herido. No paró de disparar hasta que vació el cargador. Dejaron allí los cuerpos y se metieron los cinco en el automóvil de K. Se marcharon a toda prisa del lugar.

—¿Para qué queremos todas estas armas? —preguntó Menta en el trayecto de vuelta.

—Vamos a matar al exalcalde de Barcelona —respondió Samael fríamente.

Nadie dijo nada más el resto del camino.

8

Al día siguiente, Samael se deshizo del arma con la que había matado al Portugués y a su amigo. No quería que le relacionaran con aquel asunto. La limpió bien para no dejar huellas y la metió en una bolsa llena de otras cosas que había que tirar, para que pasara desapercibida. Después la arrojó a un contenedor. Le preocupaba que algún vagabundo de los que rebuscan en la basura la pudiera ver y alertara a la policía. Por eso la tiró tarde, poco antes de que pasara el camión de recogida.

Esa noche la pasó en la casa de L'Hospitalet, donde vivía el grupo encabezado por Cíber. Le apetecía estar más tiempo con su gente. Eso era bueno para la moral colectiva. Estaba contento del comportamiento de K y de los otros. Sin su ayuda quizás estarían muertos. Desde el primer momento el Portugués no le pareció de fiar. Pero fue el camarero del bar quien les dijo que tuvieran cuidado. Eso los puso en alerta.

Ahora había que pensar en su próximo movimiento. Lograron un gran triunfo con la lectura del manifiesto en televisión. Mucha gente ya les conocía y debatía sus ideas. Su siguiente paso sería clave para ganarse el apoyo de más personas. Samael creía haber encontrado el objetivo perfecto: un político corrupto y vicioso que representaba muchos de los defectos del sistema contra el que luchaban. Nadie derramaría una lágrima por él. Joan Galí i Figueres. Ese era el nombre de su próximo objetivo.

Necesitaba saber más sobre él. Se le ocurrió mirar en internet. Lo primero que le salió al poner su nombre en Google fue una página de Wikipedia que empezaba con una advertencia: «Este artículo hace referencia a una noticia actualmente en curso, por lo que la información contenida en él es susceptible de estar sujeta a cambios frecuentes. Por favor, no agregues información especulativa y recuerda colocar referencias a fuentes publicadas para dar más detalles. Joan Galí i Figueres (Barcelona, 16 de febrero de 1958) es un político español que fue alcalde de Barcelona entre el 4 de junio de 2002 y el 6 de septiembre de 2010, fecha en la que dimitió a causa de un escándalo por corrupción y acusaciones de abusos sexuales a funcionarias del ayuntamiento. Biografía. Hijo del ministro de la Marina durante el régimen franquista Santiago Galí Villanueva, y de Carmen Figueres Esteban. Estudió Derecho en la Universidad de Barcelona y completó sus estudios en Estados Unidos, en la Universidad de Boston. A los dieciocho años, poco después de la muerte del general Franco, comenzó su militancia política en el Partido Democrático Socialista Catalán, hoy desaparecido. Su carrera continúa en la diputación de Barcelona, donde ocupó un cargo de confianza hasta 1984. Después entró en el Ayuntamiento de Barcelona como concejal de Seguridad Ciudadana y dimitió de su cargo en 1994. Ese año abandona la política para fundar su propia empresa junto a un grupo de socios en el sector de la construcción, obteniendo importantes contratos de varias administraciones públicas [cita requerida]. El año 2002 se presenta como independiente a la alcaldía de Barcelona en las listas del Partido Socialdemócrata Español, obteniendo la mayoría absoluta de los votos. En septiembre de 2010 la Fiscalía Anticorrupción presenta una denuncia contra él por prevaricación, tráfico de influencias, enriquecimiento ilícito y acoso sexual a varias funcionarias municipales. Renuncia a su cargo de alcalde y, después de declarar ante el juez, este decreta su libertad bajo fianza, decisión que generó un gran malestar en la opinión pública [cita requerida]».

Samael pensó que era la persona perfecta para sus

propósitos. Un oligarca de la cabeza hasta los pies que además era hijo de un ministro franquista. Era un parásito de la élite dirigente carente de moral. Casi nadie lamentaría su muerte, sino todo lo contrario. Muchos secretamente se alegrarían, aunque no lo reconocieran en público. Su ejecución sería vista como un acto de justicia. Y eso reportaría al MLA una campaña publicitaria sin precedentes.

El resto del día Samael se dedicó a maquinar un plan para asesinar a Joan Galí. Pensó que no sería difícil, ya que, al haber dejado de ser alcalde, no tendría escolta. Nadie quiere proteger a un corrupto.

—Esta vez tendrás que hacer de señuelo —le dijo Samael a Menta en su casa, cuando se vieron por la noche.

—¿Por qué? —preguntó ella.

—El alcalde es un vicioso. Le gustan mucho las mujeres. Usaremos eso en su contra.

—¿Quieres que me acueste con él?

—Eso no hará falta —le aclaró Samael—. Debes llevarlo a un sitio tranquilo en el que estéis a solas. Después ya te explicaré lo que debes hacer.

—No sé… —contestó Menta algo dubitativa.

—Será fácil, ya verás. Solo tienes que desplegar tus encantos, conducirlo a la trampa. Él caerá como una mosca. Será un gran golpe para el MLA.

—¿Qué tengo que hacer?

—Lo primero es cambiar tu imagen. No creo que el alcalde esté interesado en mujeres con tu aspecto. Debes ir a una peluquería y quitarte las rastas, y también el pendiente en la nariz. Y necesitas comprar ropa pija, una faldita, un traje chaqueta elegante, algo así. Debes vestir como si fueras a hacer una entrevista de trabajo en una gran empresa.

—No me hagas esta putada —dijo ella.

—Piensa que vas disfrazada. Ese será tu disfraz para ligarte a Joan Galí. Luego tiras esa ropa a la basura y todo volverá a ser como antes.

—¿Y qué más? —preguntó Menta.

—Ya concretaremos los detalles. Ahora tienes que ir de compras —respondió Samael.

Antes de llevar a cabo su plan, debían localizar dónde vivía el exalcalde. Cíber les explicó que la mejor forma de hacerlo era mirar en el Registro de la Propiedad, a través de internet. La consulta costaba 23,5 euros. De esa forma tan sencilla podían conocer las direcciones de las propiedades que tenía a su nombre. Salían un par de pisos en Barcelona, una casa en Vilassar de Dalt y un chalé cerca de Baqueira Beret. No les costó mucho localizarlo en un piso en el barrio de Les Corts. Al parecer su mujer lo había abandonado y se llevó a los niños después de conocer los casos de abusos sexuales a empleadas municipales. Todo aparecía detallado en el sumario, que ya se había filtrado a la prensa. Eso facilitaba todavía más las cosas.

Lo estuvieron siguiendo durante varios días. Vieron que iba a veces a un bar que había cerca de su casa a tomar un café a la hora del desayuno. Menta lo esperó convenientemente vestida, sentada en una mesa. Lo reconoció por una foto que Samael le había enseñado. Cuando reunió fuerzas suficientes, se levantó y fue hacia él.

—Perdone, ¿es usted Joan Galí? —preguntó ella un tanto nerviosa.

—¿Quién lo pregunta? —contestó él en tono arisco.

—Me llamo Sofía García. Estudio Derecho en la Universidad de Barcelona.

—Encantado de conocerte. ¿En qué puedo ayudarte? —dijo él algo más relajado al ver que no era periodista—. ¿Quieres un café?

—Sí, gracias.

—Perdone —le dijo el camarero—, póngale un café a esta chica. ¿Lo quieres solo o con leche?

—Con leche.

—Lo he visto aquí y me he atrevido a abordarle porque estoy haciendo mi proyecto de fin de carrera sobre la Carta Municipal de Barcelona, y pensé que quizás podría ayudarme.

—¿No eres periodista? —le preguntó él.

—No.

—Entonces sería para mí un placer ayudarte. Ahora tengo bastante tiempo libre. Si quieres, podemos quedar aquí mañana a las cinco.

—De acuerdo —dijo ella sonriendo.

Después de despedirse, salió del bar y giró a la derecha en la primera esquina. Samael y K la espcraban dentro de un coche.

—¿El pez ha picado? —le preguntó el líder nada más verla.

—Sí —contestó ella algo nerviosa.

—Perfecto —respondió él.

Al día siguiente, a las cinco en punto, Menta entró en el bar donde el exalcalde de Barcelona la esperaba desde hacía algunos minutos con una cerveza en la mano.

—Hola, guapa —le dijo él nada más verla.

—Hola —contestó ella mientras se daban dos besos en la mejilla.

—¿Nos sentamos en una mesa? —le preguntó él.

Ella asintió con una sonrisa. Pidió un café al camarero que se acercó a atenderla.

—¿Tienes muy adelantado tu proyecto de fin de carrera? —preguntó Joan.

—La verdad es que estoy empezando —respondió Menta algo nerviosa.

No le interesaba hablar de eso.

—La Carta Municipal es muy importante. Yo trabajé en su redacción. Fui uno de sus defensores. Puedo ayudarte mucho en tu trabajo.

—¡Qué bien! —dijo ella—. La verdad es que estoy algo perdida y necesito ayuda.

—¿Y quién dirige tu proyecto? —preguntó Joan Galí.

—Un profesor joven. Se llama Francisco Torres. No creo que le suene el nombre —contestó improvisando sobre la marcha.

—No lo conozco. Yo estudié en la misma facultad que tú, pero hace muchos años. La mayoría de mis profesores deben estar jubilados o muertos.

—Oiga, aquí hay mucho ruido y no creo que podamos trabajar bien. ¿Qué le parece si vamos a su casa? —propuso Menta en un tono que delataba su nerviosismo.

—Como quieras.

Ella percibió claramente la lujuria en su mirada después de su propuesta. Se levantaron. Él pagó la cuenta y salieron del bar, que estaba al lado de su piso.

—¿Quieres tomar algo? —le preguntó Joan a Menta nada más entrar.

—No, nada. Gracias —contestó ella mientras esbozaba una sonrisa forzada.

—Si no te importa, yo voy a servirme un güisqui con hielo. A esta hora de la tarde me apetece. Siéntate, no te pongas nerviosa. No me como a nadie.

Ella se sentó mientras él preparaba su bebida. Miró con curiosidad el salón donde estaban, que le pareció decorado con elegancia. Había una gran mesa de madera llena de fotos. En ella aparecía el exalcalde con grandes personalidades de la vida política y cultural del país: actores, cantantes, ministros, incluso el presidente de Francia. Pero a Menta lo que le llamó la atención fue la foto de dos niños pequeños que parecían iguales.

—¿Quiénes son los niños de la foto? —preguntó ella buscando un tema de conversación.

—Son mis hijos gemelos. Se parecen como dos gotas de agua —contestó Joan—. Lo que más odio de lo que está pasando es que mi mujer se los haya llevado. Ahora no me deja verlos. Tendré que esperar a que la juez fije un régimen de visitas.

La tristeza de sus palabras emocionó a Menta.

—Bueno, supongo que eso pronto se arreglará —dijo ella intentando consolarle.

—No soy perfecto y lo sé. Solo digo que no se puede separar a un padre de sus hijos así, de la noche a la mañana. Siempre he sido bueno con ellos. Les compré un montón de regalos porque la semana que viene es su cumpleaños, y ahora no puedo dárselos. Su madre no quiere verme ni deja que yo los vea a ellos. En fin, no quiero molestarte con esto. No has venido aquí a escuchar mis problemas.

—No me molesta. ¿Puedo ir al lavabo? —preguntó Menta.

—Sí. Está al final del pasillo, a la izquierda.

Ella se levantó y fue a donde Joan le había indicado. Se sentó encima del retrete y abrió su bolso. Dentro tenía una pistola con silenciador. Según el plan que Samael había trazado, ahora debía salir del baño, sacar el arma y matar al exalcalde de Barcelona descargando todas las balas del cargador en su cuerpo. Sin embargo, había algo en su interior que le impedía hacerlo. Nunca había disparado a nadie. Y aquel hombre no le parecía un oligarca podrido, sino un pobre diablo al que la vida le había dado la espalda. Menta pensó en sus hijos, en cómo se sentirían al saber que su padre había sido asesinado. No podía hacerlo. Temía la reacción de Samael, pero aquella fuerza que latía en su interior y que le decía que aquello estaba mal fue la que acabó ganando la lucha. Tiró de la cadena para disimular, cerró el bolso y salió del lavabo.

—Voy a marcharme a casa. No me encuentro bien —le dijo Menta a Joan.

—No tienes buen aspecto. ¿Quieres que te lleve en coche?

—No, gracias. Ya cogeré el metro.

—Si quieres te acerco —insistió él de nuevo.

—No, no hace falta.

—Ven a verme otro día y hablamos de lo del proyecto. Ten, aquí tienes mi número de móvil. Llámame cuando te vaya bien —le dijo él después de apuntar su teléfono en una pequeña hoja.

Cuando Menta bajaba en ascensor, un cúmulo de sensaciones se agolpaban en su cabeza. Sentía miedo. Sabía que había traicionado la confianza de sus compañeros. Pero, a la vez, la embargaba una profunda sensación de alivio.

—No he podido hacerlo —dijo ella nada más entrar en el coche donde Samael y K la esperaban para huir del lugar.

—¿Qué ha pasado? —preguntó el jefe.

—No he podido —insistió ella.

—¿Qué significa eso? —dijo K visiblemente molesto.

—No he podido dispararle. No me he atrevido. Lo siento mucho.

—¡¡Es que tengo que hacerlo todo yo!? —dijo Samael gritando—. Dame la pistola.

Salió del coche dando un portazo, decidido a acabar con la vida de aquel hombre pasara lo que pasara. Se acordaba perfectamente de dónde vivía, en el cuarto piso, letra B. Después de llamar al timbre, Joan Galí le abrió la puerta.

—¿Quién es? —preguntó.

Samael no respondió. Sabía que era él porque lo había visto en fotos y en el bar donde Menta lo abordó. Sacó la pistola con silenciador y le pegó un tiro en el pecho que lo hizo caer de espaldas. Lo remató en el suelo disparándole dos veces. Cerró la puerta dejando el cuerpo sin vida del exalcalde de Barcelona desangrándose en el salón de su apartamento de lujo.

Se metió en el ascensor. En ese momento sucedió algo imprevisto. En el tercer piso se abrió la puerta y entró una mujer de unos sesenta años.

—*Bon dia* —dijo ella en catalán.

—*Bon dia* —respondió Samael.

«¿Y ahora qué hago?», pensó. Aquella señora podía identificarle, hacer un retrato robot de él. Quizás su exmujer o alguien de su antiguo trabajo podrían reconocerle. La policía preguntaría a los vecinos si habían visto a un desconocido en la finca y estaba seguro de que ella lo denunciaría. No podía permitirlo. Antes de que el ascensor llegara al vestíbulo, Samael sacó su arma y le disparó en la cabeza. Después salió tranquilamente del edificio y se fue al coche donde lo esperaban los otros.

9

El asunto del exalcalde había sido un completo desastre. Un trabajo de aficionados. Eso era lo que pensaba Samael. Ahora no podían reivindicar su autoría porque les culparían también del asesinato de la mujer del ascensor. No les convenía vincularse a la muerte de una persona inocente. Eso podía provocar que el apoyo conseguido con la lectura del manifiesto se esfumara en un instante. Y la culpable era Menta. Al día siguiente, por la mañana, el líder del MLA la llamó a su cuarto.

—¿Estás contenta con lo que has hecho? —preguntó él sin disimular su enfado.

—No —respondió ella mirando al suelo.

—¿Por qué no mataste a aquel cabrón como habíamos quedado?

—No pude. Me dio pena. Tenía dos hijos... —balbuceó Menta.

—¿Pena? ¿Pena, dices? ¡Cómo se puede ser tan tonta!

Ese tío lo único que quería era meterse en tus bragas. ¿Por qué crees que te llevó a su casa? Era un parásito experto en engañar a mujeres ingenuas. Intentó darte penita para llevarte a la cama. Ese es su juego y tú te lo creíste.

—Fui yo quien le dije de ir a su piso —contestó ella intentando defenderse.

—¿Y a qué ibais? ¿A jugar al parchís? Si hubieras hecho lo que te ordené, no habría tenido que matar a aquella mujer. Está muerta por tu culpa.

Menta no dijo nada.

—A partir de ahora no vas a volver a participar en ninguna misión —prosiguió Samael—. Te quedarás aquí, en la casa, ocupándote del agua, como antes. Ahora vete.

Ella se marchó en silencio.

Samael decidió que lo mejor era quedarse en la casa que buscó el grupo de Cíber. Llamó al dueño del piso que había alquilado y le dijo que se marchaba. Creía que era peligroso estar lejos de su gente. Eso podía debilitar su liderazgo, su influencia sobre ellos. Debían permanecer unidos. Le dijo a K que fuera a Gracia a buscar al otro grupo y los trajera a L'Hospitalet. Por la tarde, cuando ya estaban todos juntos, Naná fue a verlo.

—Hola, quiero hablar contigo —dijo ella al entrar.

—Siéntate, ¿qué pasa? —preguntó Samael.

—He oído cosas raras en la otra casa.

—¿A qué te refieres?

—Escuché hablar por el móvil a Azazel con alguien. Decía algo de pasar material a cambio de dinero —respondió Naná.

—¿De qué crees que estaban hablando?

—De droga. Él y Luna trabajan en una discoteca y últimamente parecen tener bastante dinero.

—Eso es grave —dijo Samael—. Nosotros no somos unos vulgares traficantes. Luchamos por otra cosa. Si eso se descubriera nadie tomaría en serio a nuestra organización. Pensarían que somos unos camellos.

—Sí, lo sé. Por eso te lo he dicho.

—No quiero que digas nada a nadie. Cuantas menos personas lo sepan, mejor. Debemos confirmar nuestras sospechas antes de actuar. ¿Tienes algún amigo fuera del MLA que sea de confianza? —preguntó Samael.

—Sí. Conozco una chica que fue conmigo al instituto y que está en una casa ocupada en Barcelona. Es buena tía y de fiar.

—Ve con ella a la discoteca en la que trabajan Azazel y Luna. Le dices quiénes son a tu amiga sin que ellos te vean, y que ella les pida droga, a ver qué sucede.

—De acuerdo. Mañana hablaré con ella. Te mantendré informado de todo.

—Espera, necesitarás dinero. Deberías darle algo a

tu amiga, por las molestias. Toma quinientos euros. No creo que haga falta más.

—Gracias.

—Buen trabajo —dijo él cuando ella estaba saliendo del cuarto.

Naná se fue a la mañana siguiente a Poble Nou, que era donde vivía su amiga con otra gente, en una nave industrial abandonada. Se habían tenido que trasladar allí hacía unos años porque fueron desalojados por los *Mossos d'Esquadra* de otra casa, por culpa del nuevo distrito 22@. Cogió el metro y se bajó en la parada de Llacuna, en la línea amarilla. Estuvo andando un rato hasta que llegó a donde vivía su amiga. Ya había ido antes unas cuantas veces y no le costó recordar el camino.

Llamó a una puerta de metal oxidada que estaba en uno de los laterales. Nadie contestaba. Volvió a insistir. «Quizás han salido todos», pensó ella mientras seguía intentándolo. Al poco rato escuchó una voz.

—¡Ya va! —gritaron desde dentro.

Abrieron y apareció un tipo muy alto, con barba, el pelo liso hasta la cintura, y visiblemente enfadado.

—¿Qué quieres? —dijo él.

—He venido a ver a Neus. ¿Está aquí?

—Sí. Está durmiendo, igual que los demás. Ayer hicimos una pequeña fiesta. Pasa.

—¡Neus! —gritó el hombre que le había abierto la

puerta—. ¡Ha venido una amiga a verte!

—¡Ahora voy! —dijo una voz de mujer proveniente de una de las habitaciones.

—Espera en la cocina. Ahora saldrá —le dijo el hombre de pelo largo.

A los cinco minutos apareció ella. Naná la esperaba sentada en una silla fumando un cigarro. Era una mujer con el pelo corto teñido de rubio, de unos treinta y tantos, la misma edad que su amiga. Tenía el cuerpo lleno de tatuajes.

—¡Nuria! ¿Cómo estás, guapa? —dijo Neus mientras le daba un abrazo a Naná.

Ella no pudo evitar el sentimiento de extrañeza al oír su verdadero nombre. Ya casi lo había olvidado. Solo la llamaba así gente de fuera del MLA.

—¿Cuánto hacía que no nos veíamos? —preguntó Naná.

—Casi medio año —dijo Neus.

—¿Tanto? ¡Qué rápido pasa el tiempo!

—¿Quieres tomar un té? Yo voy a desayunar algo. Me acabo de levantar.

—Sí, gracias. Ya me dijo el tío que abrió la puerta que ayer hicisteis una fiesta —contestó Naná.

—Ha sido un poco borde. Estábamos durmiendo —afirmó Neus intentando justificar a su compañero.

Estuvieron hablando un rato de amigos comunes y

de temas intrascendentes hasta que Naná se atrevió a plantearle la verdadera razón de su visita.

—Pues he venido a verte porque necesito que me ayudes. Tengo un pequeño trabajo para ti —le dijo a Neus.

—¿Qué es? —preguntó ella intrigada.

—Creo que dos personas que viven con nosotros se dedican a vender droga en una discoteca y me gustaría comprobar si es verdad.

—¿Por qué? ¿Qué hay de malo en eso? Cada uno se busca la vida como puede.

—Es que alguien le pasó droga adulterada con matarratas o algo así a uno de nuestra casa. El pobre murió de sobredosis y creemos que ellos pueden ser los culpables.

Naná había pensado esa mentira durante el trayecto en metro hasta la casa.

—¿Droga adulterada con matarratas? Hay que ser un cabrón para hacer eso. Cuenta conmigo.

—Hemos juntado quinientos euros entre varios para los gastos. Puedes quedarte lo que sobre por las molestias —le dijo Naná a su amiga, que siempre iba corta de dinero.

—La verdad es que esa pasta me iría ahora de puta madre. ¿Qué quieres que haga?

—Esta noche vamos las dos a la discoteca en la que trabajan. Tú entras y les pides que te pasen coca o pastillas. Luego me das a mí lo que te vendan.

—¿Para qué lo quieres? —preguntó.

—La llevaremos a un amigo que es químico y le pediré que compruebe si está adulterada.

—¿Y si lo está qué haréis?

—Eso ya lo decidiremos entre nosotros —respondió Naná—. ¿Qué te parece el plan?

—Está bien.

—Entonces quedamos esta noche a las diez. Ya pasaré a buscarte.

Naná se despidió de su amiga y volvió a casa a informar al jefe. El resto del día no pudo evitar estar más nerviosa que de costumbre. Sabía que, si se confirmaban sus sospechas, Samael podía hacerles cualquier cosa. No era su problema. Ellos se lo habían buscado. Sin embargo, a veces tenía momentos de debilidad y pensaba que hubiera sido mejor no decir nada. Al poco rato apartaba esas dudas de su mente. Su lealtad inquebrantable al grupo y al líder era más importante que cualquier otra cosa.

Por la noche Naná fue a buscar a su amiga. Se había puesto guapa, maquillada y con una minifalda de color rojo. Cogieron el metro y se bajaron en la parada de Barceloneta, bastante cerca de donde vivía Neus. Allí estaba la discoteca en la que trabajaban Azazel y Luna, en teoría de camareros. Era un local de moda, frecuentado por gente de todo tipo. La pareja no podía tardar mucho en llegar, ya que entraban a las once. Se quedaron cerca de la puerta, resguardadas en un portal para que no vieran a Naná.

—¡Son esos dos! —le dijo a Neus en cuanto los vio entrar—. ¿Los has visto?

—Sí. Ahora entro y me esperas aquí. No sé si voy a tardar.

—Tú no te preocupes por eso —dijo Naná.

—No quiero entrar y meterles a saco. Esperaré un poco —comentó Neus.

Después de decir eso, entró al local. No tuvo que hacer cola porque todavía era pronto. La mayoría de la gente no va a las discotecas hasta la una de la mañana; se quedan en la calle o en algún local bebiendo hasta tarde.

Casi una hora después salieron juntos Azazel y Neus. Se metieron en una calle lateral. Naná pensó en seguirlos pero decidió quedarse donde estaba. En menos de diez minutos ya habían vuelto y entraron de nuevo. Neus salió un cuarto de hora después y fue directa a donde la esperaba su amiga.

—¿Qué ha pasado? —preguntó Naná incapaz de contener su curiosidad.

—Ha sido fácil. Le he dicho a la chica que quería algo de material, unas pastillas y un poco de coca para meterme unas rayas.

—¿Y qué ha respondido?

—Se ha ido y ha llamado al tío con el que había entrado. Hemos salido porque tenía la farlopa en su coche. Allí me la ha dado y le he pagado. Después entré y me metí en el baño. Esperé un rato para disimular y salí.

—Dámelo —le pidió Naná.

Ella sacó del bolso una papelina de coca y un par de pastillas, y se las dio a su amiga. Después se marcharon a casa. Cuando llegó, lo primero que hizo Naná fue explicar a Samael lo que había pasado y darle la droga.

—Lo has hecho muy bien. Ahora yo me encargaré de este asunto.

Al día siguiente cenaron todos juntos para celebrar el reencuentro de los dos grupos. Como era costumbre, Samael les habló.

«Desgraciadamente hay algunos entre nosotros que han permitido que la serpiente de la traición se infiltre en nuestra comunidad —guardó silencio durante un breve instante que pareció eterno antes de continuar—. Dos personas se han dedicado a vender droga. Han traicionado al MLA y a los valores que representa.

Aquí tengo la prueba —sacó de su bolsillo la bolsa de coca y las pastillas que Naná le había dado la noche anterior, y se las enseñó a todos—. Este veneno que tengo en mis manos ha sido vendido por Azazel y Luna —cuando dijo sus nombres, K y dos más los agarraron y se los llevaron. Ellos no se resistieron—. Ya no merecen formar parte de nuestro grupo y deberán afrontar la responsabilidad de sus acciones. Los actos siempre tienen consecuencias. Esa es una lección que nunca debemos olvidar».

Encerraron a Azazel y a Luna en un cuarto. Samael ordenó que hicieran guardia enfrente de la puerta dos hombres armados. No iba a permitir que escaparan.

A la mañana siguiente, después de que esposaran a la pareja, Samael entró a verlos. Estaban atemorizados. Sabían que aquello podía costarles la vida.

—¿Qué vas a hacer con nosotros? —le preguntó Luna a Samael en cuanto lo vio.

El líder no respondió.

—El dinero se lo íbamos a dar a Naná —dijo Azazel intentando justificarse.

—¿Crees que quiero tu sucio dinero? —le contestó Samael visiblemente enfadado—. Será mejor que no busquéis excusas absurdas, porque será peor. Ya no podéis seguir en el MLA. Debéis marcharos de aquí para siempre.

—¿No vas a matarnos? —preguntó Luna.

—No soy un asesino. Solo busco lo mejor para el grupo. Tenéis que prometerme que guardaréis silencio sobre lo que sabéis. Si habláis de nosotros con alguien, no habrá lugar donde podáis esconderos.

—No diremos nada a nadie —prometió Azazel.

—No diré nada, lo juro. ¿Podemos marcharnos? —preguntó Luna.

—Os llevaremos al campo y os dejaremos allí —respondió Samael.

Ordenó a sus hombres que los metieran en un coche.

—¿Por qué no nos quitáis las esposas? —preguntó Azazel.

—No hagas más preguntas estúpidas —le dijo K, que estaba sentado con ellos en la parte de atrás.

Samael iba en el asiento de delante, al lado de Ducasse, que conducía.

Azazel y Luna no tardaron mucho en comprender que iban a matarlos. Si realmente los hubieran querido soltar ya lo habrían hecho. No era necesario llevarlos a ninguna parte. Conocían bien cómo actuaba Samael.

Cuando aminoraron la marcha por culpa del tráfico, Azazel abrió la puerta y se tiró del coche en marcha en plena autopista. Con las prisas no habían puesto el seguro. Prefería arriesgarse a morir así que esperar a que lo mataran a sangre fría. Al menos tenía una posibilidad de sobrevivir.

—¡Para el coche! —gritó Samael.

Se detuvieron en el arcén. Azazel se había golpeado contra el quitamiedos, pero tuvo fuerzas para levantarse y empezar a caminar con mucha dificultad. Samael corrió hacia él. En cuanto lo tuvo cerca, le disparó por la espalda. Lo remató en el suelo. Volvió corriendo al automóvil. Debía darse prisa, alguien podía avisar a la policía en cualquier momento.

—¡Saca a la chica! —le ordenó a K, que se había quedado dentro.

Ella no paraba de llorar y de decir «no, por favor… No, por favor…». Samael no tenía tiempo para gimoteos. Le pegó un tiro en la cabeza. Luna ya estaba muerta antes de que su cuerpo se golpeara contra el suelo. Después se metieron en el coche y se marcharon de allí a toda velocidad.

10

Sentía que el tiempo corría en su contra. Pronto se olvidarían de su manifiesto y del MLA si no lograban algo importante de nuevo. Lo que pasó con Azazel y Luna debilitaba su posición frente a sus compañeros. Había pensado una acción espectacular que lo convertiría en una leyenda. No dijo nada a nadie. Era mejor guardar el secreto y revelarlo en el momento oportuno.

Llamó a K y a Ducasse, sus dos hombres de confianza, y cogieron un coche. Se marcharon a la casa abandonada de Sils, donde estaba enterrado Ares. Allí podían disparar sin que nadie les molestara. En el camino, K le preguntó qué estaba tramando. «¿Cómo sabes que estoy tramando algo?», contestó Samael. «Siempre tramas algo», respondió K. El jefe sonrió, pero no dijo nada.

Cuando llegaron, abrieron el candado de la puerta y entraron a dejar las cosas. Samael no pudo evitar recordar la primera vez que estuvo allí con Ares, Tivadar y Job. Los tres estaban muertos. Él, en cierto sentido, también había muerto. El hombre temeroso y derrotado por la vida llamado Samuel ya no existía, era un triste recuerdo que Samael intentaba apartar de su mente. Ese era un pasado que prefería no recordar, especialmente a su familia.

A veces, cuando estaba solo en su cuarto por la noche, pensaba en vengarse de los que le habían hecho daño a lo largo de su vida. Sentía la tentación de cargarse al jefe que lo despidió. Deseaba matar a su mujer por haberlo echado a la calle cuando más la necesitaba. Mentalmente hacía una lista de todos los que le habían tratado mal, de los que le habían ignorado o herido. Y el sabor de la venganza le parecía dulce y apetecible.

Pronto apartaba aquellas oscuras ideas de su cabeza. Si el pasado le había conducido a ser la persona que era ahora, entonces creía que debía darlo por bueno. Samael no necesitaba vengarse de esa gente. Eso era algo que le hubiera gustado hacer a Samuel. Simplemente ya no le importaban, no significaban nada para él, y solo la debilidad en la que a veces caía le empujaba a pensar en ellos. Cuando lo hacía, después se arrepentía de haber malgastado su valioso tiempo reviviendo una vida que ya no era la suya.

Sacaron las pistolas y el rifle con mira telescópica, y se pusieron a disparar a unas latas. Samael no había permitido que nadie usara la escopeta desde que se la compraron al Portugués. Era para él. Sabía que tenía que mejorar su puntería si deseaba tener éxito. Estuvieron disparando un par de horas. K y Ducasse estaban cansados. Samael les dijo que podían parar, que comieran algo dentro. Él iba a practicar un rato más.

Mientras disparaba, vio un coche de la policía local de Sils a lo lejos. Iba hacia la casa. Samael entró corriendo.

—¡Viene la poli! —gritó.

Él desmontó el arma lo más rápido que pudo y la guardó en una funda de guitarra. K y Ducasse escondieron las pistolas en la parte de atrás del pantalón, cubiertas por la ropa. Antes de que se dieran cuenta, ya estaba enfrente. Dentro iba un solo agente. Samael y sus acompañantes salieron a recibirlo. No querían llamar la atención.

—Buenos días —dijo el hombre con un marcado acento catalán.

Era un señor de unos cincuenta y pocos años, calvo y con una barriga prominente.

—Buenos días —respondieron los tres a la vez.

—¿No sois de por aquí?

—No. Somos de Barcelona —respondió Samael.

—Nunca os había visto en el pueblo. Pensaba que esta casa estaba abandonada.

—Es de mi abuela —dijo Ducasse improvisando.

Samael se sintió molesto porque el otro hablase. No pudo evitar fijarse en la pistola enfundada del policía en su cinturón.

—A veces venimos a pasar el día —aclaró K.

—Normalmente no vengo por esta zona. Una vecina de una masía que hay aquí cerca me ha llamado diciendo que había oído tiros. ¿Habéis escuchado algo?

—Nosotros también los hemos oído en el bosque. Deben ser unos cazadores —contestó Samael.

—Pues son furtivos, porque aquí no hay ningún coto de caza. Voy a llamar a un compañero e iremos a echar un vistazo. Avisadnos si veis a alguien.

—Muy bien. Le llamamos si vemos alguna cosa rara —dijo Samael.

—No os metáis en el bosque. Un tiro perdido nos puede dar muchos disgustos a todos —les advirtió el policía.

Se giró y caminó hacia su coche. Cuando estaba de espaldas, Ducasse sacó su pistola y le disparó. El hombre cayó al suelo.

—¡Qué coño haces! —gritó Samael enfurecido—. ¡Estás loco!

Los tres corrieron hacia él. Intentaba sacar la pistola de su cinturón. Se la quitaron antes de que pudiera desenfundarla.

—¡Eres un gilipollas! ¿Y ahora qué vamos a hacer con él? —preguntó Samael.

—¡Iba a avisar a un compañero! ¡Nos había visto la cara! —gritó Ducasse intentando justificarse.

—Ahora no vale la pena pelearse entre nosotros —dijo K.

—Tienes razón —añadió Samael—. Vamos a meterlo dentro. Todavía está vivo.

—Cómo pesa este cabrón —murmuró Ducasse mientras lo arrastraban dejando un reguero de sangre.

Intentaron sentarlo en una silla, pero no se aguantaba solo. Lo dejaron tirado en el suelo. El hombre intentó murmurar algo.

—Agua… Agua… —decía con un hilo de voz.

—Quiere agua —dijo K.

—Ya lo he oído —respondió Samael.

—¿Se la doy? —insistió K.

—Dásela, a ver si se calla —contestó Ducasse.

K sacó una botella de plástico medio llena de agua y se la acercó al policía a los labios. Apenas pudo beber nada y casi toda cayó al suelo.

—Eres un capullo —le dijo Samael a Ducasse—. ¿Ahora qué vamos a hacer con este tío y su coche? ¿Lo has pensado?

—Lo dejamos y nos vamos —respondió K.

—¿Y qué pasa con el ADN? —preguntó Samael.

Los otros dos no dijeron nada. No entendían a qué se refería.

—Esto está lleno de nuestro ADN y del de todos los que han pasado por aquí. Del vuestro y del mío. Si lo dejamos en esta casa analizarán hasta el último pelo y quizás consigan pruebas en nuestra contra.

—Podemos meterlo en el coche y llevarlo a otro lado —sugirió K.

—Dejad que piense un momento.

Samael se sentó en una silla. Intentó tranquilizarse y tener la cabeza fría. Sabía que lo más importante era pensar con calma. No debían precipitarse.

—Lo primero que hay que hacer es matarlo —sentenció—. Ahora no podemos dejarlo vivir, nos podría identificar.

—¿Quién lo va a hacer? —preguntó K.

—Ducasse. Él es el culpable de esta situación —propuso Samael.

—¿Qué queréis que haga?

—Pues que le metas una bala en la cabeza —respondió K.

—Es que no puedo hacerlo. No soy capaz de matar a alguien a sangre fría.

—¿Pero sí puedes dispararle por la espalda? —preguntó Samael indignado.

—No es lo mismo. Antes se me ha ido la olla, pensaba

que nos iba a denunciar —dijo Ducasse.

—¡Hay que joderse! —exclamó K.

—Si tú le disparas, tú debes matarlo —afirmó Samael.

—¡Que no quiero! —insistió Ducasse.

—Entonces hazlo tú —le dijo Samael a K.

—¿Por qué tengo yo que comerme este marrón? Que lo haga Ducasse.

—¡Me estáis hartando los dos! ¡Tanto rollo para matar a un tío! —gritó Samael—. Como siempre, tengo que hacerlo todo yo.

Se levantó de la silla.

—Dame tu pistola —le ordenó a Ducasse visiblemente molesto.

Apuntó a la cabeza del hombre, que se desangraba en el suelo, y le disparó. Luego dejó el arma sobre la mesa.

—Problema resuelto —dijo Samael mientras volvía a sentarse—. Debemos actuar rápido. Puede aparecer otro policía buscando a su compañero.

—¿Qué vamos a hacer? —preguntó Ducasse.

—Yo creo que lo mejor sería meterlo en el coche y llevarlo a otra parte —propuso K.

—No serviría de nada. La vecina que lo llamó los traería de nuevo aquí. Pueden seguir las huellas del coche hasta la casa. Tampoco vale la pena limpiar la sangre. En una serie vi que la poli tiene una especie de lámpara que la detecta aunque la limpies o haya pasado un montón de tiempo —comentó Samael.

—Lo mejor es largarnos cuanto antes y dejarlo todo como está—dijo Ducasse.

—No podemos hacer eso. Hay que borrar el ADN —afirmó Samael—. No me gusta dejar cabos sueltos.

—¿Cómo? —preguntó K.

—Quemando la masía con el poli dentro —contestó Samael—. ¿Tenemos una garrafa de gasolina en el coche?

—No hay nada —dijo Ducasse.

—La quemamos con un mechero, haciendo una hoguera —comentó K.

—Si no se quema bien, podríamos dejar pruebas. Lo mejor es echar gasolina. Hay una gasolinera a pocos kilómetros de aquí, en la entrada del pueblo. Vamos en un momento, compramos una garrafa, la llenamos, incendiamos la casa y luego nos largamos cagando leches —dijo Samael.

—¿Y qué hacemos con este? —preguntó Ducasse refiriéndose al policía muerto.

—No creo que vaya a ninguna parte —contestó irónicamente K.

Salieron, cerraron el candado de la puerta y se metieron en el coche.

—¿Por qué no nos vamos? —preguntó Ducasse mientras conducía.

—¡Ya te he dicho que hay que quemarlo todo! —dijo Samael enfadado.

Estaba cansado de tanta incompetencia. «Primero lo de Menta y ahora esta mierda», pensó mientras se acercaban a la gasolinera. Apenas tardaron unos minutos en llegar, pero se les hicieron eternos. K y Ducasse se quedaron en el coche. Samael salió a comprar la garrafa dentro de la gasolinera. La llenó hasta arriba en el surtidor y entró de nuevo a pagar.

Cuando regresaron nada había cambiado, únicamente el charco de sangre que rodeaba el cuerpo del policía muerto era más grande. Rociaron los muebles y el cadáver con gasolina. Samael no la echó toda. Luego les haría falta para quemar el coche. Con un mechero prendieron un pañuelo de papel en el extremo de una ramita y la tiraron dentro desde la puerta. El combustible ardió enseguida. Salieron de allí a toda prisa. No tardarían en ver el fuego.

En la autopista ya estaban más relajados. El peligro había pasado.

—Ahora hay que quemar este coche —dijo Samael.

—¿Por qué? —preguntó Ducasse alarmado.

El automóvil era suyo.

—Pueden identificar los neumáticos con las huellas del camino —le aclaró el líder del MLA.

—Pues los cambiamos y ya está —propuso Ducasse.

—Quizás lo hayan visto cerca de la casa de Sils.

—¿Y me voy a quedar sin coche?

—Siempre estás quejándote —dijo K, que estaba sentado en la parte de atrás—. Es mejor eso que acabar todos en la trena.

—Ya te compraremos otro. No te preocupes —prometió Samael—. Sal en la siguiente salida. Allí hay un descampado donde podremos quemarlo.

Usaron la gasolina que quedaba en la garrafa y le prendieron fuego después de quitar las placas de la matrícula. Luego se marcharon a casa. En el camino de vuelta, Samael pensó en deshacerse de la pistola con la que había matado al policía de Sils. Descartó la idea. Sabía que la necesitaría más adelante.

Pasó una semana. Aquella desagradable historia parecía casi olvidada. Los informativos dijeron que se había encontrado a un policía local de Sils calcinado en una casa abandonada por causas desconocidas, pero tampoco le dieron mayor importancia.

Sin embargo, los acontecimientos dieron un giro inesperado.

Naná entró alarmada en el cuarto de Samael sin llamar. Él estaba leyendo un libro.

—¡Has salido en la tele! —dijo ella nada más entrar.

—¿Qué dices?

—¡Que estás en la tele! —insistió Naná de nuevo.

—¿Por qué? ¿Qué han dicho?

—Dicen que eres sospechoso del asesinato de un policía en Sils. Ha salido una grabación tuya y una ampliación de tu cara.

—¿De dónde era?

—De una gasolinera —respondió Naná.

Samael lo entendió todo. Lo habían grabado cuando fueron a comprar gasolina. Dentro debía haber cámaras para evitar atracos. Estaba seguro de que ya lo habrían identificado o de que lo harían pronto.

—¿Qué vas a hacer ahora? —preguntó ella.

—Déjame solo —contestó Samael.

Naná salió y cerró la puerta.

«¿Cómo es posible que no pensara en las cámaras de la gasolinera? ¿Cómo he podido ser tan estúpido?», fue lo primero que pensó. Lo invadió una profunda ira contra sí mismo. Siempre se fijaba en los detalles, por pequeños que pudieran parecer. Y ahora había cometido un error absurdo. «Tenía que haberle hecho caso a Ducasse y habernos marchado de la casa», se recriminó. Aunque sabía que si el otro no le hubiera disparado por la espalda a aquel agente nada de todo esto habría pasado. Después de un par de horas consiguió tranquilizarse. No era tan grave como parecía. Debía cambiar su aspecto para evitar que lo detuvieran. Nadie fuera del MLA sabía dónde estaba. La policía no lo encontraría tan fácilmente.

11

Decidió raparse la cabeza. Cíber le compró unas gafas con unos cristales sin graduar. Así esperaba poder pasar desapercibido. Ahora vivía en la clandestinidad. Ya no podía volver al mundo normal aunque quisiera. No le importaba. El MLA era su vida. Le daba todo lo que necesitaba. Le había dado más que una sociedad que consideraba corrupta.

Después de cambiar su aspecto, llamó a Ducasse y a K.

—¿Queréis dar una vuelta? —les preguntó.

—¿A dónde? —respondió K.

—A Barcelona.

—¿Qué vamos a hacer? —dijo Ducasse.

—Hoy nada. Solo inspeccionar el terreno —contestó Samael.

Cogieron el metro en L'Hospitalet e hicieron trasbordo en la estación de Sants. Subieron a la línea azul y bajaron en la parada de Sagrada Familia. Al salir no pudieron evitar sentirse impresionados por la fachada de la iglesia. Habían estado allí antes; sin embargo, la impresión era igual de potente que la primera vez. Los balcones exhibían señeras, banderas del Vaticano y de España. El papa llegaría en un par de días y se notaba en el ambiente. Las calles estaban llenas de vallas y había *mossos* por todas partes. Una fila larguísima de turistas esperaba para entrar al templo.

—¿Vamos a visitar la Sagrada Familia? —preguntó Ducasse a Samael.

—No. Nos quedaremos por aquí fuera. Podemos ir a tomar algo —respondió el otro.

Entraron en un local regentado por unos chinos. Pidieron tres cafés y unos bocadillos. Los precios eran económicos, sobre todo teniendo en cuenta que estaban en una zona turística. Había bastante gente en el bar. Escogieron para sentarse la mesa más apartada, al lado de la puerta del baño.

—¿Crees que es seguro para ti estar aquí? —dijo K refiriéndose a Samael.

—Con la cabeza rapada y las gafas no me conocen. Están demasiado ocupados preparando la visita del papa del domingo —respondió él.

—¿Por qué hemos venido a este sitio? —preguntó Ducasse.

—Quería echar un vistazo antes de nuestro próximo golpe.

—¿Qué vamos a hacer? —dijo K.

—Vamos a matar al papa —contestó Samael sin inmutarse después de dar un mordisco a un bocadillo de queso con tomate.

—Eso es imposible. La seguridad que hay aquí es inmensa —replicó Ducasse.

—Nada es imposible si lo deseas con suficiente fuerza —respondió Samael.

—¿Cómo vamos a hacerlo? —preguntó K.

—Lo tengo todo pensado. El papa llega a Barcelona el sábado por la noche. El domingo por la mañana vendrá a la Sagrada Familia. Nosotros llegaremos temprano, sobre las seis, para coger un buen sitio aquí, en la esquina entre la calle Marina y Provença, al lado de la boca del metro. A las once y media llamaremos al portero automático de uno de los edificios desde los que se ve la entrada de la iglesia. Nos haremos pasar por policías y seguro que alguien nos abre. Iremos a uno de los pisos que tiene un balcón que dé a la calle. Nos vamos al cuarto o al quinto, para tener una buena visión. Vosotros dos meteréis a las personas que haya dentro en una habitación. Uno les apunta, y el otro los ata y les tapa la boca. Mientras tanto yo cerraré las cortinas para que nadie nos vea desde la calle. Sacaré el rifle con mira telescópica y lo montaré delante de la ventana. A las doce saldrá el papa a rezar el ángelus.

—¿Qué es eso del ángelus? —preguntó Ducasse interrumpiendo a Samael.

—Es una oración que se hace al mediodía. Cuando salga le dispararé en la cabeza.

—¿Y cómo huimos? —preguntó K.

—Habrá mucho barullo. Dejaremos la escopeta en el piso para no perder tiempo. Bajamos corriendo a la calle y nos mezclamos con la gente. Cada uno que se largue por su cuenta y ya nos veremos en casa. Con el follón que se armará al ver al papa muerto, no sabrán ni de dónde ha salido el disparo.

—Lo veo difícil. Habrá polis en las azoteas, y francotiradores. No sé, es arriesgado —dijo K.

—También parecía imposible que se leyera nuestro manifiesto en la televisión en horario de máxima audiencia, pero lo conseguimos. Tenéis que confiar en mí. Si somos capaces de lograrlo, pasaremos a la historia. De aquí a mil años se recordará lo que nosotros tres vamos a hacer. Seremos unos héroes, unos libertadores que han matado a un líder corrupto que permite que en su iglesia se viole a niños inocentes y no hace nada para evitarlo. Esa gente solo merece nuestro desprecio. Se dedican a oprimir y a engañar al pueblo mientras ellos viven en palacios como príncipes. ¿Puedo contar con vosotros? —le preguntó Samael a sus dos compañeros.

—Sí, conmigo sí —dijo Ducasse sin dudarlo.

—¿Me prometes que esta vez no actuarás por tu cuenta? —le preguntó Samael.

—Lo de Sils no volverá a pasar. Se me fue la cabeza, pero ya está —prometió el otro.

—¿Y tú cómo lo ves? —dijo Samael a K.

—Lo veo muy jodido. Pero prefiero morir así que intentando robar un banco. Estoy contigo hasta el final.

—Bien, sabía que no me fallaríais. Es importante que no habléis del golpe con nadie. No sabemos si alguien puede chivarse a la poli. Ahora vamos a echar un vistazo a la zona.

Estuvieron recorriendo el sitio un rato más y después se marcharon a casa, con el resto del grupo.

Era viernes y la tradición mandaba que cenaran juntos después de que el líder les hablara. Samael sentía una extraña emoción en su interior. Sabía que quizás esa podía ser la última vez que los viera. Si algo salía mal, era probable que lo cogieran o lo mataran, igual que habían hecho con Ares. El resto de su vida podía pasarla la mayor parte del tiempo en la cárcel, encerrado con vulgares delincuentes. Antes de cenar, se levantó y dijo lo siguiente: «Queridos amigos y amigas, compañeros, ahora sois mi única familia, lo que más me importa. Desgraciadamente somos una pequeña comunidad que lucha contra un enemigo que no se detendrá ante nada para lograr sus objetivos. Ellos lo tienen todo: los medios de comunicación, la policía, el ejército y el dinero. Nosotros solo poseemos una cosa, una única cosa que es más importante y poderosa: la fuerza de la voluntad, el deseo de triunfar, de sacrificarse, de dar incluso nuestras vidas por esta causa. Cuando ese deseo de cambio es lo bastante fuerte, es posible lograr lo inimaginable, es posible cambiar el mundo.

»El 11 de septiembre de 2001 unos pocos hombres consiguieron poner de rodillas a la mayor superpotencia que jamás ha existido. Es cierto que las razones de ese ataque eran equivocadas, y que murieron muchas víctimas inocentes que no deberían haber muerto. También es verdad que un pequeño grupo de personas puede cambiar el curso de la historia. Nosotros podemos hacerlo y vamos a hacerlo. Os anuncio que el MLA prepara su mayor golpe. De momento no puedo decir nada. Pronto lo conoceréis. El nombre de nuestra organización se escribirá con letras de oro en la historia de la lucha contra un Estado opresor que envenena nuestras mentes con propaganda ideológica.

»No somos terroristas. Ese es el nombre que nos ponen para criminalizarnos. Somos guerreros, luchadores por la libertad. Ellos son los opresores y nosotros los oprimidos. Somos la única voz de un pueblo demasiado manipulado para escuchar, postrado de rodillas ante los poderosos. Nosotros les despertaremos de ese sueño alienante, de esa gran mentira que todo lo manipula. Somos la punta de lanza de lo que va a venir, de una nueva era en la que el Estado opresor será sustituido por pequeños grupos como el nuestro, capaces de autoorganizarse y de colaborar entre sí pacíficamente, de vivir en armonía con el medioambiente sin contaminar el planeta. Sé que estamos al principio de un largo camino, de un sendero que nos permitirá conquistar una libertad verdadera. Gracias».

Al terminar, mientras escuchaba los aplausos de sus compañeros, Samael pensó que había sido su mejor discurso.

El sábado siguiente no pudo reprimir los nervios. Siempre le entraban las dudas antes de un golpe. Durmió mal esa noche y se despertó pronto. Pasó la mañana mirando la televisión, esperando ver alguna noticia de la llegada del papa a Barcelona. Apenas se decía nada. Hasta la noche no hablarían del tema.

Pensó en ir a la Sagrada Familia a inspeccionar el terreno de nuevo, a repasar los detalles del plan que había trazado. Descartó la idea. Se arriesgaba a que alguien lo identificara. Si los *mossos* le pedían el DNI, podrían detenerlo. Era mejor no correr riesgos innecesarios. Decidió entretenerse leyendo un grueso libro que cogió al azar de entre los que había en las estanterías de Ares. Pronto lo dejó de lado. No se sentía con fuerzas para leer nada. Por la noche se dedicó a ver por la televisión la llegada de Benedicto XVI a Barcelona. Varios canales la ofrecían en directo.

A la hora de cenar fue a buscar su comida a la cocina. En las escaleras se cruzó con Menta. Se miraron a los ojos. Ninguno de los dos se atrevió a hablar. Al volver a su cuarto, Samael pensó en llamarla. Sentía el deseo de verla, de que estuvieran juntos. Aunque nunca lo diría, significaba mucho para él. Era la persona que más había estado a su lado desde que ingresó en el MLA. Por eso su fracaso le dolió especialmente. Sabía que la próxima operación era peligrosa y pensó que, si no volvía a verla, se arrepentiría luego de no haber arreglado las cosas. Sin embargo, su orgullo era demasiado fuerte. Era el líder y no podía dar muestras de debilidad. Menta había fallado al grupo y debía recibir un castigo por ello. Su silencio era una parte más de la condena.

Antes de acostarse, sobre las diez, se reunió con K y Ducasse, y estuvieron repasando el plan. Nada podía dejarse al azar. Samael, antes de meterse en la cama, limpió la escopeta. Después la montó y la desmontó lo más rápido que pudo. Se entrenaba para lo que tendría que hacer en pocas horas. Luego la metió en la vieja funda de una guitarra que había pedido prestada a Cíber.

Durmió mejor de lo que esperaba. Se despertó a las cuatro y media de la mañana. Había puesto el despertador a las cinco, pero ya no quería dormir más. Fue al cuarto donde descansaban sus dos compañeros. Los despertó y después cogieron el coche. En el trayecto apenas hablaron. Estaban medio dormidos y la tensión que había en el ambiente no invitaba al diálogo. Les costó mucho encontrar aparcamiento. Al final lo dejaron en un *parking* que estaba abierto veinticuatro horas al día. Tuvieron que ir andando hasta la Sagrada Familia. El frío aire de la mañana acabó de despertarlos. A pesar de lo temprano que era, se encontraron con gente por todas partes. La mayoría estaba en el parque que había enfrente del templo y también en las calles que lo rodeaban. Fueron al lugar que habían escogido, delante de un edificio.

La mayoría de los que esperaban en el mismo sitio que ellos eran de alguna escuela religiosa. Se dedicaban a cantar para pasar el tiempo: «Benedictooo... Benedictooo...». «Vaya panda de tocacojones», le comentó Ducasse a K. Samael le dijo que se callara. No convenía llamar la atención.

A las nueve y media, la multitud enloqueció con la llegada del papamóvil. Pasó muy rápido por delante de donde estaban los tres hombres. Apenas vieron nada. Dentro de la Sagrada Familia esperaban al papa los reyes de España. No debían hacer nada hasta las once y media, momento en el que entrarían en el edificio. Estaban cansados de estar tantas horas de pie.

—¿Cuánto queda? —preguntaba una y otra vez K a Ducasse.

Se había dejado el reloj en casa.

—Yo ya te avisaré —dijo Samael—. Me pones nervioso preguntando continuamente la hora.

Cuando el líder del MLA vio que había llegado el momento, pusieron en marcha su plan. Samael llamó al portero automático del edificio. La primera vez que lo intentó nadie respondía. Debían estar mirando el espectáculo desde el balcón y no le hacían caso. Volvió a llamar al cuarto piso.

—¿Sí? —preguntó una voz de mujer.

—Somos *mossos d'esquadra*. ¿Nos puede abrir? —dijo Samael.

Casi al momento la puerta de la casa se abrió. Ya estaban dentro. El edificio era bastante antiguo y no tenía ascensor. Subieron andando hasta el piso desde donde les habían abierto la puerta. Llamaron al timbre. Abrió una mujer joven, de unos veinte años, con el pelo corto y algo sobrada de kilos.

—Hola —dijo ella.

—Buenos días. Somos *mossos d'esquadra*. ¿Podemos pasar?

—Sí, claro. Voy a avisar a mi padre —comentó la chica dejando a los tres hombres en el recibidor.

Cuando ella se fue, aprovecharon para entrar. Toda la familia estaba en el balcón.

Un hombre de unos cincuenta años se acercó a hablar con ellos.

—Ustedes dirán, ¿en qué puedo servirles?

—Nos gustaría que salieran del balcón por razones de seguridad y que cerraran las cortinas —dijo Samael.

—Sí, de acuerdo. ¿Es que pasa algo? —preguntó nervioso.

—Cuando entren, les explicaré todo —contestó Samael intentando parecer tranquilo.

La familia entró en el salón. En el balcón estaba la joven que les había abierto, una mujer de mediana edad y una señora mayor, que debía ser la abuela de la chica, además del hombre con el que Samael había hablado.

—¿Hay alguien más en la casa? —preguntó K.

—Sí, mi hermano. Está en su cuarto.

—Dile que venga.

—¿Qué pasa? —comentó sorprendida la abuela—. ¿Quién es esta gente?

—Son *mossos* —dijo el hombre.

—¿*Mossos*? Pues que me enseñen su placa. No llevan uniformes ni nada. No se puede entrar de esta manera en casa de la gente.

En ese momento regresó la chica que les había abierto la puerta, acompañada de un adolescente de unos quince años.

—¿Quiere ver nuestras placas, señora? —preguntó Ducasse.

—Sí, por supuesto.

—Aquí las tiene —respondió Ducasse sacando una pistola con silenciador y apuntándoles con ella.

K y Samael hicieron lo mismo.

—¿Qué es esto? —dijo la abuela.

—Será mejor que colaboren. Ahora iréis con mis dos amigos a una habitación. Si hacéis lo que dicen, nadie tiene por qué sufrir daño —les explicó Samael.

—Sois unos sinvergüenzas… ¡No hay derecho a esto! —dijo la abuela.

—Si no se calla, señora, le pego un tiro en la cabeza a esta chica y usted tendrá que recoger sus sesos de la alfombra —le contestó K apuntando a la joven.

—¡Mamá, calla! —dijo el hombre.

Los metieron en el dormitorio más grande. K los vigilaba con la pistola mientras Ducasse los ataba y les tapaba la boca con cinta aislante. Nadie de la familia volvió a quejarse ni a decir nada. Se dieron cuenta de que aquellos hombres iban en serio.

Samael se quedó solo en el salón. Miró su reloj. Eran las doce menos diez. Benedicto XVI saldría a rezar el ángelus en la fachada del Nacimiento a las doce en punto. Debía darse prisa, pero tenía tiempo de sobra. Sacó el rifle con mira telescópica y lo montó. Llevaba un caballete plegable sobre el que puso el arma. Metió la punta del cañón entre las cortinas. Las abrió lo mínimo posible. No quería que ningún policía de los que estaban en las azoteas lo viera. Eso podía hacer fracasar toda la misión. Volvió a mirar la hora. Las doce menos cinco. Apuntó al lugar donde debía ponerse el papa, en un atril con dos micrófonos. Tenía una visión perfecta del objetivo. Estaba seguro de que no podía fallar. En ese momento apareció por el salón K. «Ya están atados», dijo. Samael no respondió. No quería que nada le distrajera de lo que tenía que hacer.

Poco después de las doce, Benedicto XVI salió del templo de la Sagrada Familia. La gente aplaudió con entusiasmo. El papa empezó a hablar. Apuntó a su cabeza y apretó el gatillo sin dudar ni un instante. La bala pasó cerca de donde estaba el Santo Padre sin tocarle. Había fallado. La multitud comenzó a gritar, y el servicio de seguridad saltó al escenario y tiró al papa al suelo. Ya no tendría una segunda oportunidad.

—¡Vámonos de aquí! —le dijo Samael a K.

Dejaron el rifle donde estaba. No había tiempo para desmontarlo y llevárselo.

—¡Ducasse! —gritó K.

El otro apareció enseguida y salieron corriendo del piso sin ni siquiera cerrar la puerta.

12

Cada uno escapó como pudo aprovechando el desconcierto que provocó el disparo contra el papa. La gente pensó que podía haber francotiradores en las azoteas y el pánico se apoderó de ellos. No se sabía de dónde había salido el tiro, por eso la policía no pudo reaccionar antes.

Samael intentó evitar las paradas cercanas del metro porque estaban colapsadas por todos los que intentaban escapar del lugar. Era peligroso, ya que había cámaras que podían grabarles. «Lo más seguro será coger un autobús», pensó. Después de andar casi media hora, se subió a uno que lo alejó todavía más del peligro. Lejos de allí entró en el metro.

En casa se encontró con K y Ducasse. Cuando se vieron, se dieron un fuerte abrazo. Podían haber muerto o estar detenidos por la policía. Sobrevivir a una operación así ya era un gran éxito. Otros de sus compañeros salieron a recibirles y les felicitaron. Todos habían visto las noticias y sabían que ellos eran los que habían provocado aquel revuelo. Ahora se hablaría del MLA en todo el mundo. Una de las que recibió a Samael fue Menta, que lloró cuando los vio regresar. Al abrazarse, ella le dio un beso en la mejilla. A pesar de que intentó mostrarse frío, por dentro se alegraba de poder volver a verla. Significaba mucho para él.

—¡Aquí están nuestros tres héroes! —dijo Naná nada más verles—. ¡Vaya lío habéis armado!

—Es una pena que no tenga mejor puntería —respondió Samael.

Después de ese recibimiento, el líder se tumbó solo en la habitación de su cuarto, mirando al techo. Estaba agotado física y psicológicamente. La tensión lo había dejado exhausto. Pero antes de descansar, era necesario hacer algo importante.

Había que reivindicar el atentado. Si no se daban prisa, se les podía adelantar algún otro grupo y apuntarse ellos el mérito. Él sabía que matar al papa no era lo importante, sino conseguir un impacto mediático que les permitiera llevar su mensaje a la gente.

Allí, tumbado sobre la cama, pensó la mejor manera de hacerlo. La primera idea que le vino a la cabeza fue la de grabar un vídeo con él reivindicando el ataque. Ya le daba igual que le vieran, porque conocían su identidad.

Pero en cuanto reflexionó un poco sobre ello, descartó esa opción. Nunca sacarían ese vídeo por la tele. Tenía la opción de colgarlo en Internet, en YouTube o en algún sitio así. Esa tampoco le parecía buena idea, ya que la policía ordenaría su retirada. Estaba muy cansado y no le apetecía ponerse a hablar delante de una cámara. Optó por una opción más sencilla. Llamó a Cíber.

—Hay que reivindicar la acción de hoy —le dijo.

—¿Cómo vamos a hacerlo?

—Quiero que vayas a un locutorio en Barcelona y lo hagas enviando un *e-mail* a los medios de comunicación. Abres una cuenta con nombre falso y lo envías —ordenó Samael.

—¿A qué medios lo mando?

—A los periódicos más importantes y a algunos canales de televisión.

—¿Y qué pongo en el mensaje? —preguntó Cíber.

—«El MLA reivindica la acción militar de hoy cometida contra el corrupto papa de Roma», algo así estará bien.

—De acuerdo.

—Lo mejor es que vayas a un locutorio para inmigrantes que no tenga cámaras dentro donde puedan grabarte. Ponte unas gafas de sol y una gorra. Intenta que no se te reconozca. Aunque no te graben dentro del local lo pueden hacer en la calle, pasando por delante de un cajero o en cualquier lado.

—Vale. Ya buscaré un disfraz.

—Ten cuidado. Avísame cuando hayas terminado —le dijo Samael antes de despedirse.

Ahora ya podía descansar. No quería ver a nadie más. Le apetecía olvidarse de todo por un momento. Y sin darse cuenta se quedó dormido. Despertó casi una hora después con la boca seca y dolor de cabeza. Se encontraba peor que antes de tumbarse en la cama. Preparó un bocadillo y tomó una aspirina mientras encendía la televisión pequeña que había en su cuarto. No se hablaba de nada más en todos los canales. El papa había salido ileso. Alguna gente resultó herida de levedad por la avalancha que provocó el pánico. Eso no le preocupaba a Samael. Los políticos y otros líderes religiosos se sucedían condenando el atentado. Incluso el Rey había grabado un mensaje de repulsa que fue elogiado por toda una corte de periodistas aduladores. Todo aquello le producía risa y desprecio.

«Ninguno de esos parásitos se preocupa por el pueblo. Viven en palacios y se aprovechan del trabajo de la gente sencilla. No les importa que un banco le quite su casa a una familia o que haya personas que se mueran de hambre. Algo así no lo condenan. Y cuando alguien amenaza a uno de los suyos, a un poderoso, entonces salen en manada con sus vacías condenas sin sentido», eso era lo que pensaba mientras miraba la televisión.

Pasado un rato, se cansó y la quitó. A la hora de la cena recibió una visita inesperada.

—Hola —le dijo Menta desde la puerta de su cuarto.

No hablaban desde el asunto del exalcalde de Barcelona.

—Hola —respondió él sorprendido.

No esperaba que fuera a verle.

—Me alegra mucho que estés bien —le dijo ella.

Samael la miró de arriba abajo. Estaba preciosa con su minifalda y unas medias negras. En ese momento le pareció la mujer más hermosa que jamás había conocido.

—¿Puedo pasar? —preguntó.

—Como quieras.

Entró y se quedó de pie, a su lado, mientras él permanecía sentado.

—¿Sigues enfadado conmigo? —volvió a preguntar ella.

—Ya sabes que sí.

—Siento mucho lo que pasó. Te prometo que nunca volveré a decepcionarte —respondió Menta mientras le miraba a los ojos.

Se acercó más a él y comenzó a acariciarle el pelo. Él se levantó y la besó. Antes de que se dieran cuenta, estaban haciendo el amor en su cama. Esa noche Samael disfrutó del sexo como nunca lo había hecho en su vida.

A la mañana siguiente, ella se despertó desnuda en sus brazos.

—Te quiero —le dijo nada más despertarse.

—Yo también te quiero —respondió él mientras la apretaba contra su pecho.

La había deseado desde el primer día en que llegó a esa casa. No quería que nada volviera a separarlos.

Pasó un mes y todo pareció volver a normalizarse. Pero ahora tenían un nuevo problema de que ocuparse: se les estaba acabando el dinero. Samael llamó a K y a Ducasse a su cuarto para hablar del asunto.

—Podemos atracar un banco —sugirió Ducasse cuando el jefe les planteó el problema.

—No me gusta la idea. Es muy peligroso. No quiero acabar igual que Ares —contestó Samael.

—Podemos hacerlo de forma distinta —sugirió K.

—¿Cómo? —preguntó Menta, que también estaba presente.

—Lo he estado pensando bastante. Hay otras formas más seguras de atracar un banco. Podemos vigilar al director de una oficina, ver dónde vive y secuestrarlo. Luego le obligamos a que nos abra la caja fuerte.

—Creo que es buena idea. ¿Qué pensáis los demás?

Todos dijeron que les parecía un buen plan.

—Me gustaría acompañaros —pidió Menta.

—¿Estás segura? Ya sabes lo que pasó la última vez —comentó Samael.

—Sí. Déjame ir, por favor. No fallaré —insistió ella.

—No lo veo claro.

—Si quiere venir, que venga —comentó Ducasse—. Igual nos puede echar un cable si la cosa se pone chunga. No tiene por qué ser una operación difícil.

—Está bien. Ahora necesitamos un objetivo. Vosotros dos debéis buscar una oficina que no sea muy céntrica. Cuanta menos gente nos vea, mejor. Necesitamos también armas nuevas. Por lo menos cuatro pistolas. Buscadlas —les ordenó Samael a K y a Ducasse.

Después, ellos dos salieron de la habitación y Samael se quedó a solas con Menta.

—No tienes por qué hacerlo —le dijo él.

—Quiero hacerlo. Los dos juntos siempre.

—Está bien. Pero esto no es un juego. Ya lo sabes. Si tú fallas, pueden matarnos a los otros —le advirtió Samael.

Tenía dudas de que ella fuera lo bastante fuerte.

—No fallaré. Confía en mí.

—De acuerdo.

Se abrazaron y la besó.

Esta vez fue más fácil conseguir las armas. K encontró un contacto de confianza que les vendió las pistolas. Estuvieron estudiando varios objetivos. Decidieron dar el golpe lejos de L'Hospitalet. Así se sentían más seguros. Eligieron una oficina bancaria en Sant Cugat. Menta entró para preguntar por las condiciones de una hipoteca y pidió hablar con el director. Era un señor de unos cuarenta años, bajito y con gafas. Tenía el pelo completamente blanco y una expresión seria en su rostro.

Cuando salió, Menta le dijo a K y a Ducasse quién era. Lo siguieron hasta su casa. Vivía muy cerca de la oficina, en un chalé adosado, al lado de un colegio. Por eso iba andando al trabajo. Estudiaron sus hábitos, sobre todo a qué hora salía y entraba. Tenía dos hijos, de seis y ocho años, que llevaban uniforme de un colegio privado.

Unos días después se reunieron los cuatro en casa para preparar el plan.

—Cada mañana —explicó K a los otros— se levanta sobre las siete y cuarto. Lo primero que hace es sacar al perro a pasear. A veces lo hace él y otras veces su mujer. Después desayuna y llega al trabajo sobre las ocho, ocho y cuarto más tardar. Está hasta las dos y luego se va a comer a casa durante una hora. Sale sobre las seis y se marcha a casa. No suele salir por la noche.

—El mejor momento para hacerlo es por la mañana, cuando saca al perro. Lo cogemos fuera y lo metemos en su casa. Menta y Ducasse se pueden quedar con su familia y atarlos. K y yo nos lo llevamos al banco. Allí que nos abra la caja fuerte y nos dé todo lo que haya dentro. Lo atamos y nos vamos. Os llamo al móvil, dejáis a la familia y os largáis —dijo Samael.

—¿No pueden seguir las llamadas por los repetidores? —comentó K.

—No, porque usaremos tarjetas prepago sin identificar. Tenemos algunas que nos sobraron de la operación del marqués.

—Parece un buen plan. No creo que se arriesgue a hacer nada si tenemos a su familia —comentó Ducasse.

—¿Quién los ata? ¿Ducasse o yo? —preguntó Menta.

—Él tiene más experiencia en esas cosas. Tú les apuntas con la pistola —respondió Samael.

—Vale —contestó resignada.

Le hubiera gustado tener un papel más protagonista. Ir ella con Samael al banco. Sabía que debía volver a ganarse su confianza de nuevo.

—¿Y si en vez de sacar él a pasear al perro sale su mujer? —preguntó K.

—Eso da igual. La metemos en casa y listo. Allí ya nos encargaremos del marido. ¿Estáis de acuerdo con el plan? Luego ya no podremos dar marcha atrás —dijo Samael.

Todos guardaron silencio.

—Bien. Entonces lo haremos mañana. No comentéis

nada de esto con nadie. Nos levantaremos a las cinco y media. Hoy quiero que os acostéis pronto.

Samael y Menta se fueron a dormir juntos después de cenar, como cada noche. Se tumbaron en la cama y estuvieron hablando un rato antes de apagar la luz.

—Sabes, a veces pienso que tengo una misión, un destino especial. Que he sido elegido por la historia para cambiar las cosas para siempre —le dijo él.

—¿Elegido por quién? —se atrevió a preguntar Menta.

No obtuvo ninguna respuesta. Era como si hablara para sí mismo.

—De aquí a mil años, cuando la mayoría de lo que nos rodea haya desaparecido, cuando todos los que conocemos estén muertos desde hace siglos, se seguirá hablando de mí. Mi manifiesto se continuará leyendo y debatiendo. Quedará como una de las grandes obras de esta época, como el diagnóstico de un sistema corrupto que explota y manipula a la gente —dijo él.

Menta quiso decir algo. No se atrevió. Apagaron la luz y Samael se durmió enseguida. A ella le costó más conciliar el sueño. Le preocupaban la operación del día siguiente y aquellos delirios de grandeza. Sabía que eso no podía ser bueno.

Al día siguiente ejecutaron su plan. Cogieron el coche y esperaron al jefe de la oficina delante de su casa. Sacó a pasear al perro, como siempre. K se quedó en el coche y salieron los otros tres.

—No se mueva —le dijo Samael mientras le apuntaba con una pistola.

—¿Qué pasa? —preguntó el hombre sorprendido.

—Entre en la casa —le ordenó Ducasse.

Una vez dentro, se encontraron a la mujer y a los niños desayunando en la cocina. Ella todavía llevaba puesta la bata. Los apuntaron con las armas.

—Que nadie haga ninguna tontería si no queréis que pase una desgracia —les dijo Menta.

Ducasse y ella se los llevaron al salón para atarlos.

—Escúcheme bien. Ahora va a coger las llaves de la oficina. Vamos a ir al banco y nos va a dar todo el dinero de la caja fuerte. Mientras tanto, mis amigos se quedarán aquí vigilando a su familia. Si hace alguna tontería, los mataremos a todos —le dijo Samael muy serio.

—Entiendo.

—Ahora preocúpese de su familia, de que no les pase nada. Solo queremos la pasta.

Samael y el hombre salieron de la casa. K los esperaba en el coche para llevarlos a la oficina bancaria. Se subió sin decir nada. Los tres permanecieron en silencio durante el corto trayecto. Todo fue sobre ruedas. Quitó la alarma y entraron los tres en la oficina. Luego les abrió la caja fuerte. Había bastante dinero. Lo metieron rápidamente en una bolsa y ataron a su prisionero de pies y manos. Le taparon la boca con cinta adhesiva.

—Ahora no hagas nada cuando nos marchemos. Estate quieto hasta que lleguen tus compañeros. Si tocas alguna alarma o haces algo, tu familia puede morir. No vale la pena. Este dinero no es tuyo y además está asegurado —le dijo Samael a su prisionero.

Nada más salir, llamó a sus compañeros para que se fueran. Todo había salido bien.

En casa contaron el dinero. Habían conseguido 34.687 euros. Era un buen pico por tan poco esfuerzo.

—Llama a Cíber —le dijo Samael a Menta—. Hay que reivindicar esto.

13

Pasaron algún tiempo tranquilos, dejando que las cosas fluyeran sin hacer nada. Tenían dinero y estaban juntos. Eso era lo que más les importaba. El atentado contra el papa y su último atraco les había hecho famosos. Sin embargo, la policía no había podido encontrarlos. Se sentían invulnerables. Pero Samael era incapaz de conformarse con aquel silencio. Necesitaba estar siempre en primera línea, que se hablara de él.

—Hay que preparar una nueva acción —le dijo un día a Menta.

—¿Por qué? —preguntó ella preocupada—. Tenemos pasta y las cosas nos van bien.

—No hacemos esto por dinero, ya lo sabes.

—Me da miedo que te pueda pasar algo, igual que a Ares.

—Yo no tengo miedo. Hace mucho que dejé de sentirlo. Lo único que me preocupa es nuestra lucha. Y no pararé hasta conseguir triunfar o hasta que me maten. Victoria o muerte. No hay ninguna otra alternativa.

Menta dejó de insistir. Sabía que no podría convencerlo.

—¿En qué estás pensando? —preguntó ella.

—Todavía no lo tengo claro. Ya encontraremos algo.

Esa tarde Samael se reunió con K y Ducasse. Quería planear el próximo golpe.

—¿Y si vamos a por algún político fascista? —dijo K.

—Ya hicimos lo del exalcalde, aunque no saliera bien —contestó Samael.

No le gustaba la idea.

—Nadie se enteró de que fuimos nosotros —replicó K.

—¿Y otro banco? —sugirió Ducasse.

—Lo hemos hecho muchas veces. Ya no es noticia.

—Podríamos secuestrar a algún empresario corrupto. No creo que nos cueste mucho encontrar uno —propuso K.

—Esa idea me gusta más. ¿Tenéis en mente a alguien?

—Podría ser el dueño de una ETT. Son unos putos explotadores. Tratan a los trabajadores como ganado.

—Es buena idea. Me gusta —dijo Samael—. Ahora quiero que busquéis un objetivo y que lo sigáis. Averiguar todo sobre él. Luego actuaremos.

Se despidieron y el jefe dejó que sus dos subalternos

hicieran el trabajo sucio. Tardaron casi dos semanas en encontrar lo que estaban buscando. Eligieron a una pareja dueña de una cadena de ETT que vivía en el barrio de Sants, cerca de la estación de tren. Los estuvieron siguiendo hasta que ya conocían más o menos sus hábitos diarios. Era el momento de pasar a la acción.

Decidieron que lo mejor sería esperar al matrimonio en el garaje, cuando volvieran del trabajo. Allí los abordarían y se los llevarían a casa con los ojos tapados. A la mañana siguiente, la mujer iría al banco con Menta a sacar todo su dinero. Pensaban que no haría nada si tenían a su marido y a su hijo pequeño. Ninguna madre pondría en riesgo un hijo por dinero, pensaban ellos. Debía ser un secuestro rápido y limpio, como el atraco en el banco de Sant Cugat.

A las ocho y media los cuatro aprovecharon que salía un coche para meterse en el garaje. La pareja terminaba de trabajar sobre esa hora. Después iban a recoger al niño a casa de la abuela y solían llegar a las nueve. K sabía cuál era su plaza de *parking* y les esperaron en frente. Los abordaron cuando salieron del coche.

—Somos del MLA. Esto es un secuestro. No hagan nada y no les pasará nada —les dijo Samael mientras les apuntaba con la pistola.

Al verlos, el niño se asustó y comenzó a llorar. Debía de tener unos tres o cuatro años.

—¡Dígale al niño que se calle! —gritó K a la madre.

Los agarraron e intentaron meterlos a los tres en el coche. En ese momento entró otro vehículo en el *parking* y todos se pusieron nerviosos. Aprovechando el despiste, el hombre se metió en el asiento del conductor y quiso arrancar el coche para huir.

—¡Quieto! —le gritó Samael.

Él solo pensaba en escapar. Dio marcha atrás bruscamente intentando sacar el coche. Le pisó el pie a Ducasse con la rueda. En ese momento Samael le disparó en la cara al empresario. Murió al instante. La mujer que estaba con Menta comenzó a chillar e intentó escapar arrastrando al niño de la mano. K le disparó por la espalda. Cayó al suelo sin vida. Ducasse estaba tirado desangrándose y no paraba de gritar. Tenía el pie destrozado.

—¡Deja de chillar! —le ordenó Samael.

Abrió la puerta del coche y sacó el cuerpo del hombre. Menta y K ayudaron a Ducasse a meterse en la parte de atrás. Tenían que salir de allí cuanto antes. La policía no tardaría en llegar. El niño lloraba mientras se agarraba a su madre muerta.

—¡Coge al niño, nos lo llevamos! —le gritó Samael a Menta.

—¿Por qué? —preguntó ella.

—¡Que lo cojas te digo, hostia!

Ella lo agarró de un brazo y lo metió a la fuerza dentro del coche. Samael salió del garaje a toda velocidad. El corazón le latía deprisa, podía sentir cada uno de sus latidos.

No se tranquilizaron algo hasta que salieron de Barcelona rumbo a L'Hospitalet. Al poco rato Ducasse casi se había desvanecido por culpa del dolor.

—Si no lo llevamos a un hospital va a morir desangrado —dijo K, que estaba sentado en el asiento del copiloto.

—Es peligroso. Pueden relacionarlo con el atentado —respondió Samael.

—Mi mamá… Mi mamá… —gimoteaba el niño.

—¡Cállate, puto crío! —le gritó Samael.

Se calló, pero no paraba de llorar. Menta envolvió el pie de Ducasse con un pañuelo que llevaba alrededor del cuello para intentar taponar la herida.

—Podemos llamar al médico amigo de Ares. ¿Cómo coño se llamaba? —dijo Samael.

Tenía miedo de que relacionasen a Ducasse con el secuestro y que los acabara delatando.

—Ese tío no es cirujano. Necesita que le operen el pie —dijo K—. Llévanos a un hospital. Yo me quedo con él y me ocupo de todo.

—Vale —respondió Samael.

Un cuarto de hora después, los dejó en la puerta de

Urgencias. El niño temblaba de miedo y se abrazó a Menta.

—Mi mamá… Mi mamá… —decía mientras lloraba en silencio.

—Podemos dejarlo en cualquier parte —sugirió Menta.

—Nos lo llevamos a casa. Alguien pagará para que siga vivo.

—¿Cómo te llamas? —le preguntó Menta al pequeño.

No respondió. Estaba demasiado asustado.

Cuando llegaron a la casa, Menta se llevó al niño a una habitación. Samael le ordenó a Cíber que se deshiciera del coche lo más rápido posible.

—¿Dónde están K y Ducasse? —les preguntó Naná temiéndose lo peor.

—Están bien —contestó Samael—. Los he dejado en el hospital.

—¿Por qué? —preguntó ella alarmada.

—No es algo muy grave. Un coche le pisó el pie a Ducasse. K está con él.

—¿Cómo ha ido todo?

—Mal, muy mal.

Ella no quiso preguntar más.

—Si no se hubieran resistido… pero…

No terminó la frase. Se metió en casa. Al poco rato

fue a ver a Menta y al niño. Estaban sobre la cama. El pequeño se había dormido. Estaba agotado por la tensión. Al verle en la puerta, Menta se levantó y salió cerrando la puerta detrás de ella.

—¿Cómo estás? —le preguntó Menta a Samael.

—Bien.

—¿Sabes algo de K y Ducasse?

—Ahora les llamaré al móvil. Luego te lo cuento. Quédate con el niño por si se despierta.

Se despidieron y él llamó por teléfono. K le dijo que estaban operando a Ducasse y que no sabía nada. Había que esperar. Samael se sentía algo solo. En esos momentos, con todo el asunto del niño, le hubiera gustado tener a sus dos hombres de confianza a su lado. Se consoló pensando que tampoco tenía mucha prisa. El niño podía estar con ellos hasta que volvieran.

Por la noche Menta se encargó de darle la cena al pequeño. Le preparó unas patatas fritas y una tortilla francesa.

—¿Cómo te llamas? —le preguntó ella mientras cenaban.

Ni siquiera sabía su nombre.

—Andrés. ¿Y tú cómo te llamas?

—Me llamo María.

Decidió inventarse un nombre.

—¿María? ¿Como la Virgen María?

—Sí. ¿Sabes quién es la Virgen María?

—Sí. Me lo han explicado en mi cole.

—¿Quién es? —preguntó Menta intrigada.

—Una señora muy buena.

—Está bien.

—María, escúchame… quiero decirte una cosa…

—¿El qué?

—¿Dónde está mi mamá y mi papá? Yo quiero ir con mi mamá y con mi papá.

—Pronto te llevaremos con ellos. Ahora tienes que estar aquí con nosotros —le contestó Menta.

Aquella conversación la estaba agobiando.

—¿Te gustan las patatas? ¿Quieres pan? —preguntó ella intentando cambiar de tema.

—Sí. Quiero pan. Pero escucha una cosa… Yo antes he escuchado… he escuchado un petardo… y mi mamá se ha caído al suelo. ¿Está muerta mi mamá?

Menta se quedó sin habla. Sintió una angustia tan profunda como pocas veces en su vida.

—No. Se cayó al suelo del susto al oír el petardo, pero pronto la verás. Ahora cómete las patatas.

—Yo antes tenía un perrito pequeñito y se murió.

—¿Se murió el perro?

—Sí.

—¿Cómo?

—No lo sé. Mi mamá me dijo una cosa… Me dijo

que mi perrito estaba en el cielo. ¿Mi mamá está en el cielo?

—Ya te he dicho que no. Ahora cómete las patatas y si vuelves a preguntarme algo me voy a enfadar.

Cuidar de aquel niño se le estaba haciendo muy duro.

A la mañana siguiente volvieron por sorpresa K y Ducasse, al que ya le habían dado el alta.

—¿Cómo estás? —le preguntó Samael.

—Tengo el pie roto, pero al menos lo conservo.

—No te preocupes. Cuando te cures podrás hacer una vida normal. Ahora descansa —le dijo el jefe—. Me gustaría hablar con K. Tenemos un asunto pendiente.

Subieron al cuarto de Samael a hablar.

—Ahora hay que pedir un rescate por el niño.

—¿Quién lo va a pagar si hemos matado a sus padres? —preguntó K.

—Sus abuelos, sus tíos o quien sea. Alguien habrá que tenga pasta. Todas esas familias de oligarcas están podridas de dinero.

—¿Cuánto vamos a pedir?

—Había pensado en 300.000 euros. Es una cantidad que se puede reunir fácilmente. Si pedimos un millón, es posible que no lo tengan o que les cueste mucho conseguirlo.

—Está bien. Va a ser difícil porque la poli estará con la familia. Seguro que intentarán engañarnos, darnos billetes marcados o algo así. Si usamos el móvil pueden seguir la llamada, igual que el *e-mail* o cualquier otro sistema que usemos para comunicarnos con ellos —dijo K.

—Tienes razón. Habría que intentar acercarse a la familia sin que los *mossos* se enteren. Hay que ser creativos.

—Si les llamamos por teléfono o quedamos con ellos, nos atraparán seguro.

—Debemos hacer algo distinto. Algo que la poli no se espere —comentó Samael—. Debemos encontrar a la familia del niño. ¿Conocéis a algún familiar más?

—No. Hicimos el seguimiento solo a los padres.

—Pues hay que encontrarlos. Envía a alguien al edificio para que husmee por allí. Alguien que no llame la atención. Que vaya Naná y pregunte a algún vecino cuándo será el entierro de ese matrimonio. Allí encontraremos a su familia.

—¿Vamos a ir al entierro de gente a la que hemos matado?

—Sí. Eso no lo esperará nadie. Hay que hacer siempre lo imprevisible.

K se marchó a avisar a Naná. Tenían trabajo.

No fue difícil enterarse del lugar donde se iba a hacer el funeral. Era en un tanatorio en Sants, al día siguiente. La operación tenía su riesgo, pero Samael decidió ir.

Pensaba que nadie podía hacer el trabajo mejor que él.

El funeral estaba lleno de gente. Los padres de los muertos y sus hermanos recibían el pésame de los invitados. No habría un entierro, porque los iban a incinerar.

Eso no le importaba a Samael. Él buscaba el objetivo al cual dirigirse. Lo mejor era alguien vulnerable. Alguno de los abuelos del niño. Se fijó en una señora mayor que parecía no estar acompañada. «Debe ser viuda», pensó él. Esa era la persona adecuada para sus planes. Una mujer sola e indefensa.

La esperaron a la salida del tanatorio y la siguieron. Samael decidió abordarla en medio de la calle, sin esperar a que llegara a casa.

—Señora, ¿tiene un momento? —le dijo el líder del MLA sin cortarse ni un pelo.

Ella se giró extrañada de que le hablara un desconocido.

—¿Qué quieren? —preguntó algo asustada.

—¿Es usted la abuela de Andrés? —dijo Samael.

—Sí. ¿Qué pasa? ¿Saben dónde está mi nieto?

—Nosotros lo tenemos.

—¿Dónde? ¿¡Dónde está!?

Se puso muy nerviosa al oír eso.

—No grite. No se altere si no quiere que le pase algo malo.

La mujer intentó calmarse.

—¿Dónde está mi nieto? ¿Qué queréis?

—Solo queremos dinero. Si nos da 300.000 euros le devolveremos al niño sano y salvo, sin un rasguño.

—Es mucho dinero. No tengo tanto —dijo ella.

—Búsquelo. Pídalo prestado. Hipoteque su casa. A nosotros eso nos da igual. Tiene dos días para reunirlo. Tráigalo a las cinco de la tarde aquí mismo. Si vemos a la poli, yo mismo mataré al niño. ¿Lo ha entendido?

—Sí.

Samael y K se marcharon. El líder del MLA estaba contento. Habían podido contactar con la familia sin correr ningún riesgo. No creía que la abuela fuese a llamar a los *mossos*. Podían sacarse una pasta sin mucho esfuerzo.

El niño pasó todo el tiempo con Menta. Ella dormía con él y le daba de comer. Samael ya estaba cansado de esa situación y quería que todo volviera a la normalidad. A medida que se acercaba el día y la hora de la entrega, estaba cada vez más nervioso. Llamó a Cíber y Naná a su cuarto. Necesitaba a alguien a quien no hubiera visto la abuela del niño.

—Hemos quedado a las cinco para la entrega del dinero. Quiero que vayáis vosotros a recogerlo. Yo iré, pero me quedaré en la retaguardia vigilando.

Los tres fueron juntos al lugar de encuentro. Antes de llegar, se separaron. Samael dio la vuelta a la manzana y se situó a unos cien metros del lugar donde habían quedado. Llevaba una gorra y unas gafas de sol para evitar ser reconocido.

A la hora indicada, llegó la abuela del niño llevando una bolsa de plástico en la mano. Allí debía tener el dinero. Naná y Cíber se acercaron a ella. Samael no podía oír lo que le dijeron. En cuanto Naná cogió la bolsa, un hombre que pasaba por la calle se abalanzó sobre ella. Aparecieron muchos más por todas partes. Era una trampa y los habían cogido. Samael sintió un nudo en el estómago y estuvo a punto de empezar a correr. Se contuvo. Sabía que no debía llamar la atención. Se alejó andando sin mirar atrás. Ya no volvería a ver a Naná y a Cíber, a no ser que lo cogieran a él. Y eso era algo que no iba a permitir. La poli no tardaría mucho en encontrarlos. Cualquiera de los dos podría traicionarles. Debían irse. Pero antes tenía algo que hacer.

Cuando llegó a la casa, les ordenó a todos que se marcharan. Subió al cuarto donde estaba Menta con el pequeño.

—¡Coge al niño! ¡Nos tenemos que largar de aquí! —le dijo Samael en cuanto entró.

—¿Qué pasa? —dijo ella alarmada.

—Los han cogido. Era una trampa. ¡Pero se van a arrepentir de esto! ¡Se van a arrepentir! ¡Conmigo no se juega! —dijo él gritando.

Estaba muy nervioso.

Salieron de la habitación precipitadamente. Cogieron el coche y se dirigieron a un polígono industrial de L'Hospitalet.

—¿Adónde vamos? —preguntó el niño.

Nadie respondió. Menta estaba preocupada. No le gustaba verle así. Sabía que era capaz de cualquier cosa.

Samael paró el coche enfrente de una nave industrial abandonada. Entraron por un puerta rota.

—¿Qué hacemos aquí? —preguntó Menta, que llevaba al niño cogido de la mano.

Él no respondió. Sacó su pistola y cogió al pequeño del brazo.

—Este niño debe morir —dijo él.

—¿Qué dices? ¿Qué vas a hacer? —preguntó Menta asustada.

—Hay que matarlo. Les dije que si no me daban la pasta lo mataría. Y eso es lo que voy a hacer. Deben aprender a respetarme, a temerme. Ahora entenderán que yo no me detengo ante nada.

—¡Es un niño! ¡Un niño! —gritó Menta desesperada.

Sabía que no le haría caso. Solo tenía una opción. Sacó una pistola de su bolso y le disparó en la cabeza antes de que él pudiera apretar el gatillo. Su cuerpo se desplomó hacia delante mientras la sangre brotaba abundantemente de la herida manchando el suelo.

Había matado al hombre que amaba. Rompió a llorar y cayó de rodillas mientras soltaba la pistola. El niño se acercó asustado a ella. Menta se levantó lentamente. Lo cogió de la mano y le dijo: «Vámonos a casa... Vámonos a casa...».

9 788419 470249